KB184028

할수록 진땀, 갈수록 태산

육아인 줄 알았는데 유격

할수록 진땀, 갈수록 태산

고유동 지음

문학세계사

□프롤로그

적당한 육아가 필요한 이유

딸과 거리를 걷다 보면 자주 듣는 말이 있다.

"아휴, 참 예쁘다."

이제 다섯 살 된 딸은 용케 알아듣고 얼굴을 붉히며 내 뒤로 숨는다. 그러면 이어지는 말.

"어쩜 부끄러워하는 모습까지 예쁠까."

한마디도 못 하고 몸을 배배 꼬며 얌전히 있는 딸. 내숭이다. 늙은 아빠는 팔뚝에 올라온 오돌토돌한 무언가를 쓸어내며 생각한다. 아이의 내숭은 타고난 본성이 분명하다고. 겉보기에 분명 예쁘다. 노란 원피스를 입고, 긴 머리를 땋은 딸. 조각한 듯한 금빛 이마. 체리를 바른 듯 새초롬한 입술. 마치 미술관을 박차고 나온 큐피드 같다. 그러나 속에는, 인생 2회차가 확실한 능구렁이가 살고 있다. 분명 태어났을 땐 이러지 않았는데.

2020년 3월, 새로운 세계가 열렸다. 딸이라는 태양. 아빠는 그 주위를 맴도는 행성이다. 감격은 잠시뿐. 재편된 세계는 무척이나 혼란스럽다. 아내가 산후조리원 입구에서 나에게 딸을 건네줬을 때, 곧 부서질 것만 같은 인형을 안는 기분이었다. 목을 받쳐야 하는지 머리를 받쳐야 하는지 몰라 헤맸고, 그러는 사이 뭔가 불편해진 딸은 자지러지게 울었다. 집에 데리고 와서 처음 목욕을 시키던 날, 물 온도를 잘못 맞춰서 찬물로 씻는 바람에 아이가 덜덜 떨었다. 젖병에 담아둔 분유가 1시간 지났는데 이걸 버려야 하는지 말아야 하는지 끊임없이 고민했다. 분유를 먹고 트림을 시켜 주지 않아서 아이가 '분수토'를 했다. 멘탈이 나가는 상황의 연속. 그러면서 의문이 들었다. '내가 과연 이 아이를 잘 키울 수 있을까?'

조금 크면 달라지겠거니 생각했지만 오산이었다. 딸은 매 순간 솔직했고, 아빠의 한계를 시험했다. 끝없이 보채고 한없이 달라붙으니, 짜증과 화가 솟구치기 일쑤. 위계질서가 강한 군대 문화에 20년 가까이 젖어 있던 터라 더욱 그랬다. 행복한 순간보다 분노의 순간이 더욱 빈번하게 찾아왔다. 문득 깨달았다. 세상에서 가장 힘든 건 '군대 훈련'이 아니라 제멋대로인 '아이를 키우는 일'이란 사실을. 나는 궁금했다. 홀로 아이를 키우는 분들은 대체 얼마만큼의 눈물을 삼킨 걸까. 인간은 모두 아이였고, 대부분 아이를 키울 텐데. 그 헤아릴 수 없는 눈물방울은 어디로 사라진 걸까. 어디에 고여 있는 걸까. 혹시 바닷물이 짠 이유가 그 때문일까.

나는 군인이므로 울지 않는다. 대신 땀을 흘릴 뿐이다. 눈물과 땀은 소금기를 머금고 있다는 점에서 같다. 그러므로 바다를 속일 수 있으리라. 엄마가 흘리는 눈물을 조금 줄이고, 아빠가 흘리는 땀을 조금 늘려도. 바다는 알아채지 못하리라. 어차피 자녀를 향한 애정의 총량은 같기 때문이다. 생각해 보니 엄마가 흘리는 눈물조차 마음에 들지 않는다. 욕심 같아서는 눈물을 한 방울도 흘리지 않으면 좋겠다. 그러려면 아이와 함께하는 삶에 유머와 위트란 양념을 쳐야 한다. 아빠는 비록 땀투성이가 되겠지만 차라리 이게 낫다. 땀이야 물을 마시면 쉽게 보충된다. 하지만 눈물은 영혼이 함께 배어 나오는 것이기에 보충이 힘들다. 그러니 눈물보단 땀이다. 무심한 바다는 흘러드는 것이 눈물인지 땀인지 구별하지 못할 테다.

내가 책을 쓴 이유는 다음과 같다. 첫 번째로, 세상 모든 양육자를 위해서다. 아이를 키우는 일은 힘들다. 아이는 마냥 예쁘지 않다. 가끔, 혹은 꽤 자주 미워 보인다. 그러나 한편으론 이렇게도 생각한다. 아이와 함께 지지고 볶는 순간은 언젠가 잊힐 아이의 일부이며, 양육자의 생에서 가장 빛나는 순간임을. 나는 이런 양가감정을 갖는 게 정상이라고 믿는다. 대충 놀아준다고 사랑하지 않는 게 아니다. 오히려 매 순간 최선을 다하는 것이 불가능한 일이다. 양육자는 신이 아니기에. 우리에겐 적당한 육아가 필요하다. 아이를 사랑하면서도 적당히 키우는 일. 약간의 땀이 섞이면 가능하다는 걸 말하고 싶어서 이 책을 썼다.

두 번째로, 어린 시절의 추억을 망각한 채 살아가는 사람을 위해서다. 그들이 아이였을 때 양육자가 얼마나 세심하게 놀아줬는지. 아는데도 모르는 척하면서 얼마나 애정을 쏟았는지. 이런 잊힌 기억을 떠올리며 자신의 영혼 일부를 되찾고, 다시 한번 삶을 살아낼 힘을 얻길 바라는 마음에 이 책을 썼다.

세 번째로, 미래의 딸을 위해서다. 우주적 관점에서 시간 전체를 둘러봐도 유일무이한, 다섯 살 딸의 찬란한 순간. 다시 돌아오지 않을 이 시간의 추억을 꽁꽁 얼려서, 딸이 언제든 떠올릴 수 있게 하려고 이 책을 썼다.

이 책은 아빠 머리 꼭대기에서 노는 딸의 이야기다. 어떻게든 대충 놀아 주려는 아빠와 어떻게든 아빠를 구워삶는 딸의 전쟁 같은 이야기가 쏟아진다. 겉보기에 전쟁의 양상만큼이나 다채로운 이야기들. 그러나 이면에는 단 하나의 감정이 도도하게 흐른다. 그것은 이렇게 요약된다.

사랑 이야기.

한때 아이였고,
아이를 키우고 있으며
아이를 키우려는 분들을 위한.

2025년 1월 제주 곶자왈 자택에서
고 유 동

□차례

2장 아빠의 척은 무죄인가 유죄인가?

3장 우리 집 운명을 뒤흔들 고민이 시작된다

4장 놀이는 결코 끝나지 않는다

1장

서스펜스 육아 활극

먼저 전쟁터에 나가서 적을 기다리는 쪽은 여유롭고, 나중에 전쟁터에 도착해 전투에 나가는 쪽은 피곤하다. 그러므로 전쟁을 잘하는 자는 적을 부르지, 자기가 적에게 불려나가지 않는다.

—손자병법 허실(虛實) 편—

전쟁터는 장소를 의미한다. 적군과 아군이 치열한 투쟁을 벌이는 곳. 딸과 함께하는 순간도 마찬가지. 이 또한 투쟁을 닮았으므로, '장소'의 이해는 필수적이다.

딸과 지지고 볶는 장소에서 아빠의 컨디션을 유지하면서 딸의 기분을 챙기려면, 각각의 장소에 어울리는 전략이 필요하다. 1장은 여러 '장소'와 관련된 아빠의 임기응변 이야기다.

고장난 번역기

신생아실에서 처음 본 딸의 얼굴이 떠오른다. 예상과 달리 쭈글쭈글한 피부, 살짝 감긴 눈 그리고 오물거리는 입이 예쁘기보다는 낯설었다. 그건 애정의 문제라기보다는 인식의 문제였다. 미추(美醜)를 떠나 익숙하지 않은 존재를 마주할 때의 감정. 나는 장엄한 풍경 앞에 선 사람처럼, 말없이 아기를 바라봤다. 자연스레 오감은 온전히 아기를 향한다. 아기의 솜털에 맺힌 습기까지 느껴질 정도였으므로, 변화는 금세 발견된다. 아기의 입이 열리기 직전, 미세하게 떨리는 입술을 보고 나는 깨달았다. 아기의 첫 의지가 성대를 통과하려 한다는 것을.

뭔가 이상했다. 병실 안에 퍼진 작은 울음소리가 "응애"로 들리지 않았다. 머릿속을 맴도는 "아빠 사랑해"와 "아빠 만나서 반가워" 같은 문장은 대체 어디에서 비롯된 걸까. 번역기가 고장 났음이 확실했다. 무언가 머릿속 체계가 헝클어졌다. 전자기기가 강력한 자장에 휩싸이면 망가지는 것처럼. 나는 나의 존재를 뒤흔드는 무언가와 접촉하고야 말았다. 이는 결코 돌이킬 수 없는 비가역적 과정. 나는 정확히 2020년 3월 13일 오후 1시쯤, 카이사르가 지나간 루비콘강을 건너갔다. 그렇게 우주의 법칙은 다시 쓰였다. 딸은 태양. 나는 지구로.

그로부터 몇 년이 지났다. 태양이 종종 지구 자기장을 교란하듯. 딸은 끊임없이 양가감정을 일으켰다. 몸이 너무 피곤해서 쉬고 있는데, 무작정 놀아달라고 하는 딸. 잠자리에 들어가 수십 페이지 책 열 권을 읽어달라고 하는 딸. 팔꿈치 뜯기 애착이 심해 아빠 팔꿈치를 피가 날 정도로 긁어대는 딸. 밥 먹기 싫다고, 양치하기 싫다고 떼를 쓰는 딸. 이런 상황이 생기면 어느 정도 달래 주다가 화를 내고야 만다. 그러면 반드시 죄책감에 빠진다. 사랑하는 건 분명한데 나는 왜 딸에게 화를 냈을까. 끝없이 번민한다.

이렇게 지독한 양가감정이라니. 이럴 때면 내 자아가 둘로 분열된 것은 아닐지 상상한다. 애정을 가진 나. 화를 내는 나. 이들은 북극과 남극의 거리만큼 떨어져 있지만, 나는 놀랍게도 그 거리를 손쉽게 오간다. 초음속 비행기라도 이럴 수는 없을 텐데. 감정의 진자운동은 물리법칙을 손쉽게 초월해 버린다. 쉬지 않고 북극과 남극을 오가다 보니, 문득 중요한 무언가가 마모되고 있음을 알아챘다. 놀아줄 때 최선을 다하지 못하고 휴대전화 화면만 보고 있는 내 모습. 침대에 누워 책 읽어줄 때 재미없게 읽어 주는 내 모습. 그런 한심한 모습들이 하나둘씩 떠오르면서 깎여 나간 무언가가 선명해졌다. 그건 "응애"였다. 내가 그런 모습을 보일 때마다, 딸이 태어난 순간에 들었던 "응애" 소리가 지워지고 있었다. 이와 더불어 머릿속 '고장난 번역기'가 애써 번역해 준 "아빠 사랑해" 또한 사라지고 있었다. 이걸 깨닫는 순간, 공포가 밀려들었다.

'첫 마음'이 희미해지고 있었다. 이런 미증유의 공포는 아빠를 절실하게 만드는 법이다. 시간이 없다. 나는 고민 끝에 '애정을 가진 나'와 '화를 내는 나'라는 갈림길에서 어느 한쪽을 택하길 포기했다. 대신 북극과 남극을 오가는 초음속 비행기가 되기로 한다. 물론 끊임없이 흔들릴 테다. 사랑하면서 동시에 화도 낼 것이다.

그런데도 내가 이런 결정을 한 것은. 빠른 속도로 양쪽을 오가면서 발바닥에 땀이 나는 것이. 마모되는 것보다 낫기 때문이다. 나는 그렇게 딸의 손을 잡고 동네 놀이터에 간다. 술래잡기하고, 미끄럼틀을 타며 낄낄댄다. 아내 몰래 군것질하고, 장난친다. 딸의 마음이 가는 대로 나는 따라간다. 어느덧 기분이 좋아진 딸이 말한다.

"아빠 사랑해".

머릿속 번역기가 아직 고쳐지지 않았나 보다. 지금 내 귀에 "응애" 소리가 들리니 말이다.

첩첩 실수 부녀 여행

열차 타는 곳에 덩그러니 남겨졌다. 갑자기 돋아나는 소름. 눈앞에, 아침 일찍 일어나 낮잠도 못 자고 딸기 스무디를 마시며 인상을 찌푸리는 누군가가 있다. 한숨을 쉬며 생각한다. 어쩌다 이렇게 됐을까.

그날따라 무슨 바람이 불었는지, 딸과 씨름하는 아내에게 휴식을 주고 싶었다. 피로가 턱까지 찬 아내와 엄마에게 치대며 난동 부리는 딸. 눈 뜨고 볼 수 없는 장면이다. 식탁 위에 앉아 있던 나는 젓가락질을 멈추고 아내에게 말했다.

"여보, 주말 동안 내가 아이 데리고 동생 집에 다녀올까?"

아내의 표정이 단박에 밝아진다. '아차, 큰 실수다.' 뒤늦게 속으로 중얼거려보지만 이미 엎질러진 물. 모나리자의 은은한 미소보다 정확히 세 배 밝아진 아내의 표정은 너무나 진해진 나머지 지우개로 지울 수 없는 상태가 됐다.

출발 당일, 아내에게 정신 교육을 철저히 받았다. 아내가 챙겨준 보스턴백을 한 손에 들고, 다른 손으론 딸의 손을 잡았는데 기분이 묘했다. 마치 처음으로 버스를 타는 아이가 된 기분이랄까. 문밖을 나서자마자 딸이 말했다.

"아빠, 나 다리아파. 목말 태워줘."

이해가 불가능한 말. 나는 다시 물었다.

"방금 나왔는데 다리가 아프다고?"

아이의 뇌는 아직 발달하지 않았으므로 감정이 앞서기 마련이다. 막무가내로 시작되는 투정. 싸워서 해결될 일이 아니다. 근시안적 사고방식에 빠진 나는 버릇이 나빠지건 말건 딸의 기분이 상할까 봐 시키는 대로 했다. 남자는 결코 여자를 이길 수 없음을 새삼 깨닫는다.

그리하여 지금 나는 이런 모습이다. 머리 위에 딸이 있고 등에는 배낭, 왼손에는 보스턴 백, 오른손에는 토끼 인형을 든 육상 선수. 2박 3일에 걸친 장거리 레이스가 드디어 시작됐다. 단기 기억상실증 아빠는 생각한다. '이제 막

출발했는데 왜 이렇게 피곤하지?'

평탄한 운동장 트랙을 도는 줄 알았다. 그런데 이건 지뢰가 곳곳에 매설된 산악 달리기 대회였다. 열차 좌석에 앉자마자 유튜브를 보여달라는 딸. 조금 있다가 보여준다고 하니 고래고래 소리를 지른다. 같은 칸에 탄 분들께 민폐가 될까 봐 서둘러 유튜브를 틀어준다. 분명 탑승 전 화장실을 다녀왔건만, 출발한 지 십 분도 안 되어 화장실 가고 싶단다. 얼른 딸을 데리고 열차 끝 화장실로 향한다. 화장실 다녀오자마자 목마르다는 딸. 미리 준비해둔 생수를 꺼내 뚜껑을 따서 건네준다. 딸은 생수병을 입에 물고 한 입 마신다. 그래, 여기까진 괜찮다. 이어지는 되새김질. 내가 딸에게 건네준 건 분명 생수였는데, 잠깐 사이에 미숫가루로 변했다.

딸은 의자가 침대인 양 온몸을 가만두질 않는다. 가만있지 못하는 것은 몸뿐만이 아니다. 터널을 지날 때마다 "아빠! 밤이야" 터널을 빠져나오면 "아빠! 아침이야 일어나" 딸의 입은 마음에 담아둔 모든 이야기를 꺼낸다. 내 머릿속은 하얘지는데, 마음속은 까매지는 중이다. 그게 마구 섞이면서 휘돌더니 어느새 태극 문양이 된다. 이렇게 도를 깨닫는 건가. 망상이 시작됐다. 딸의 어이없는 행동과 말에 무방비 상태로 노출되다 보니 목이 바싹 마른다. 순간 머리 위로 말풍선이 생기면서 아내의 미소가 햇살처럼 등장한다. 소리는 없는데 입 모양은 읽힌다. '아빠야 한번 당해봐라!' 아! 이런 몹쓸 망상. 목이 마르다 못해 타들어 간다. 나는 재빨리 옆에 놓인 물병을 들어 한 모금 꿀꺽 마신다. 무언가 이상한 느낌. 아뿔싸. 내가 마신 건 딸의 되새김질 끝에 탄생한 수제 미숫가루였다.

우여곡절 끝에 동생 집에 도착했다. 현관문을 열자마자 딸의 사촌들이 격하게 환영해 준다. 드디어 삼총사가 완성된다. 열한 살, 여덟 살, 다섯 살짜리 무법자들. 집에 있을 땐 집이 떠나가도록 놀고, 집 밖에서는 세상을 정복하는 것처럼 휩쓸고 다닌다. 노는 동안 아내의 전화를 자주 받았다.

"아이 뭐해? 언니 오빠랑 잘 놀아?"

집에 있을 땐 죽자고 싸우더니, 이렇게 다정한 목소리는 뭔가. 배가 아파진 나는 아빠의 힘듦을 넌지시 어필해

보지만. 아내는 내 사정에 관심이 없다. "너무 고생 많아"란 영혼 없는 말. 음성 통화지만 아내의 표정이 보인다. 돈독한 부부란 보이지 않는 것도 보게 만드는 법이다. 어느덧 돌아갈 시간, 딸은 발길을 떼지 못한다. 겨우 인사를 마치고 문을 나서니 딸이 하는 말.

"아빠 나 너무 슬프니까 목말 태워줘."

뭔가 논리적 모순이 느껴진다. 그러나 토 달지 않고 고개를 끄덕인다. 그리하여 며칠 사이 폭삭 늙은 육상 선수는 온몸에 모래주머니를 매단 채 다시 한번 출발선에 선다.

열차 환승역에 도착했다. 눈앞에 보이는 딸기 스무디 포스터. 너무나 적확한 마케팅에 짜증이 솟구친다. 아니나 다를까. 딸은 목마르다며, 저걸 꼭 먹어야겠다고 생떼를 부린다. 딸의 손에 이끌려 매장으로 들어간다. 시간이 없다. 딸에게 가면서 먹자고 설득하고, 서둘러 이동한다. 열차 탑승 일 분 전. 뭔가 이상하다. 타는 곳에 사람이 없다. 전광판 또한 아무런 표시도 없다. 끼익. 어디선가 들리는 불길한 소리. 이럴 수가! 열차는 반대편 타는 곳으로 들어왔다. 넘어가서 타기에는 늦었다. 찬물을 뒤집어쓴 듯 나는 신속히 마음을 가라앉히고 다음 열차를 확인한다. 젠장, 두 시간 뒤다. 뭔가 싸한 느낌에 뒤를 돌아본다. 나를 맹렬하게 노려보는 딸. 잘못됐음을 직감한 게 틀림없다.

방법이 없다. 눈물을 머금고 휴대전화를 들어 아내에게 전화한다.

"여보 나 좀 구해줘."

아내가 기가 막힌다는 듯 웃고 기다리라고 말한다. 집에서 역까지는 자동차로 한 시간 거리. 나는 수면 부족에 시달리는 시한폭탄을 데리고 버스정류장에 앉아 구조대를 기다린다. 마침내 도착한 아내. 펑퍼짐한 원피스와 크록스가 이렇게 잘 어울렸었나. 선글라스 너머에 비친 아내의 미소가 여유롭다. 영화배우를 닮은 구조대원이 뭐라고 떠들며 손짓한다. 보고 싶었다고 외치는 걸까. 가까이 다가갈수록 아내의 말이 신경질적으로 선명해진다.

"주차 요금 있으니 뛰어와!"

자동차는 시원한 에어컨 바람으로 우리를 반갑게 맞이한다. 그제야 딸에게 부착된 시한폭탄이 멈춘다. 아내는 왜 이렇게 딸을 고생시켰냐고 잔소리를 쏟아내고, 딸은 엄마에게 그동안 아빠가 저질렀던 만행을 고자질한다. 이를테면 양치하는데 아빠가 칫솔질을 너무 세게 해서 잇몸이 아팠다는 둥, 자는데 팔꿈치를 못 만지게 했다는 둥. 모녀는 뒷좌석에 나란히 앉아 뭐가 그리 재밌는지 연신 시시덕거린다. 듣는 아빠는 기가 막히지만, 잠자코 운전한다. 백미러에 일렁이는 모녀의 순간이 흐트러지지 않도록.

집에 도착했다. 육상 선수는 녹초가 됐고, 소파에 널브러진다. 잠시 졸고 있는데 딸이 차를 가져온다.

"아빠 고마워, 여행 재밌었어. 이거 마셔."

순간 가슴 한 켠이 따듯해진다. 아빠의 피로를 알아챈 걸까? 언제 이렇게 컸을까. 기특한 녀석. 아빠를 그렇게 고생시키더니 미안했나 보다. 색깔을 보니 한방차인 것 같다. 나는 함박웃음을 지은 채, 딸이 건네준 차를 쭉 들이켠다. 어라. 그런데 뭔가 맛이 이상하다. 왜 건더기가 이렇게 씹히는 걸까. 그리고 딸은 왜 키득거리는 거지. 의문이 이어질 때쯤, 아내의 외침이 상념을 깬다.

"야. 아빠한테 네가 구물구물한 물을 주면 어떻게 해!"

공포의 키즈 카페

다급하게 아내에게 전화를 건다. '뚜루루……' 오늘따라 길게 느껴지는 통화연결음. 야속하다. 세 번 안에 받아야 하는 게 상식 아닌가. 원망의 마음이 들 때쯤, 아내의 목소리가 들린다.

"여보세요?"

야호, 살았다. 중요한 순간이다. 나는 연애할 때보다 더 나긋나긋하게 속삭인다.

"여보, 잘 지내지? 나 죽을 것 같이 피곤해. 지금 집에 가면 안 될까?"

말이 끝나자마자 아내의 다정한 팩트 폭행이 이어진다.

"오래 있긴 했네, 그런데 지금 시간이 많이 늦었으니까 아이 저녁까지 먹이고 와!"

무척 정연한 아내의 주장. 어설픈 내 작전은 시도도 못

해보고 실패로 끝났다.

키즈 카페에 가고 싶지 않았다. 하지만 오늘 아침, 나는 아내의 심기를 크게 거슬렀고, 점수를 따기 위해 자발적으로 아이 데리고 놀다 온다고 말했다. 그렇게 나는 나라 잃은 표정으로 현관문 앞에서 아내와 작별했다.

"키즈 카페 다녀올게."

"응, 최대한 늦게 와!"

아, 이때 아내의 속내를 눈치챘어야 했다.

지친 몸을 이끌고 빌딩 주차장에 차를 댔다. 지하 2층. 딸의 손을 꼭 잡고 엘리베이터를 탄다. 내부는 이미 꼬맹이들로 만원이다. 몸만 가득 찬 게 아니다. 텁텁한 공기. 아이들 숨결에 섞인 기대감 또한 안개처럼 자욱하다. 비흡연자라 예민한 걸까. 아빠가 그러거나 말거나, 딸은 희희낙락. 자신의 미소를 옆 친구에게 전염시킨다. 어느샌가 쇠맛 나는 기계음이 도착을 알린다. 서서히 문이 열리며 빛과 소리가 스며든다. 누군가에겐 천국, 누군가에겐 지옥이 열리는 순간이다.

출발 신호를 인지한 아이들이 전력으로 달린다. 딸도 내 손을 뿌리치고 달려간다. 신발장에는 딸이 남긴 유리 구두 두 짝만 덩그러니 남아 있다. 기가 막힌다. 딸이 이렇게 적극적이었던가. 주위를 둘러보니 다른 부모들의 표정이 나와 똑같다. 나는 딸의 유리 구두를 신발장에 곱게 집어넣고 입장료를 결제한 뒤, 조심스럽게 나무문을 연다. 눈앞에 펼쳐진 새하얀 공간. 홀린 듯 신성한 장소로 들어선다. 키즈 카페는 표백된 장소다. 신전이라 불려도 이상하지 않다. 천사들이 마구 떠들며 놀고 있지만, 바닥은 깨끗하고 놀잇감은 가지런히 정리되어 있다. 잠시 질서가 흐트러지면 스태프로 분한 신도들이 신속히 닦고 치운다. 먼지 한 톨 보이지 않는 깔끔함. 매끄럽다. 문득 내가 이물질처럼 느껴질 정도로.

어디선가 들려오는 딸의 목소리.

"아빠, 미끄럼틀 같이 타자."

아빠를 생각하는 마음이 갸륵하다. 혼자 있는 아빠를 챙겨 주려는 배려라니. 나는 그것이 심각한 착각임을 알고 있으면서도 딸을 향해 걸어간다. 딸은 미끄럼틀 위에 앉은 채 내려올 준비를 마쳤다. 나는 딸이 내려오는 지점을 정확하게 계산해서 볼풀장에 몸을 묻어 놓는다. 한 치의 오차도 있어서는 안 되므로 긴장해야 한다. 하필 이 중요한 순간에 땀 한 방울이 등을 타고 엉덩이에 이른다. 살짝 간지럽다는 느낌이 들어 몸을 일으키고 다시 앉는 순간 들려오는 굉음.

"뻥!"

미끄럼틀 볼풀장에 있는 모두가 나를 바라본다. 무슨 일일까. 분명 방귀는 아니다. 나는 당황하며 시선을 내리깔고. 그곳에 널브러진, 한때 공이었던 잔해물을 바라본다. 뭔가 애잔한 느낌이 들어 잠시 묵념한다.

괴성과 함께 미끄럼틀을 타고 내려오는 딸. 안아 주려는 순간, 내게 발차기를 한다.

"컥!"

딸은 신음을 흘리며 쓰러진 나를 보며 환호성을 지른다.

"아빠 괴물 물리쳤다."

딸의 선언이 끝나자마자 주변의 천사들이 나를 향해 우르르 몰려온다. 공포의 순간, 나는 벌떡 일어나 딸을 끌어

안고 계산대로 달려가 협상을 시도한다.

"구슬 아이스크림 먹을래?"

딸의 입가에 번지는 미소. 그러더니 기가 막힌 말을 한다.

"아빠가 부탁하니까 먹어 주는 거야."

엥? 여기서 반론을 제기하면 협상 결렬이다. 고맙다고 답할 수밖에.

딸은 수많은 종류의 구슬 아이스크림 중에서 '레인보우'맛을 골랐다. 나는 딸과 함께 테이블로 이동하고, 딸을 조심스레 앉힌 다음 조심스레 플라스틱 뚜껑을 연다. 갑자기 딸이 외친다.

"아빠 이거 컵 뚜껑에 숟가락 있어."

아이고 딸아, 그건 아빠도 안다. 그러나 마치 처음 들은 것처럼 리액션을 해 준다. 과장된 감탄사를 날리며.

"그으래? 아니 이거 숨겨진 건데 어떻게 알았지?"

딸은 의기양양. 다시 한번 아빠는 바보라 외치며 즐거워한다. 그래 네가 즐거우면 됐지.

숟가락을 삽처럼 잡은 딸. 역시나 아이스크림을 흘리면

서 먹는다. 구슬은 끊임없이 숟가락을 탈출하고 테이블에 고인다. 이게 끝이 아니다. 슬픔에 젖은 구슬은 몸을 녹여 눈물을 흘린다. 엉망진창이 된 테이블. 아빠는 가까스로 짜증을 참아내며 테이블을 닦는다. 그러거나 말거나 딸의 섭취는 현재진행형. 몹시 얄밉다. 아빠 한 입 먹어보란 얘기도 없다. 기어이 맛있는 거 혼자 다 먹은 딸이 말한다.

"아빠 따라와."

왜 이렇게 아빠를 데리고 다니는 걸까. 처음 계획은 딸을 풀어 놓고 아빠만의 여유를 즐기는 것이었는데, 대체 어디서부터 꼬인 건지 모르겠다. 딸은 아빠가 외로운 게 싫은가보다. 그러나 이런 감정을 내색해선 안 된다.

나는 계속 끌려다닌다. 낚시 놀이터에 가서 플라스틱 물고기를 잡아 주고, 좁다란 통로로 도망치는 딸을 추격한다. 트램펄린에서 술래잡기하고, 정각마다 운행하는 열차를 태워준다. 딸은 연신 까르륵대고. 그 기묘한 웃음은 마취제가 되어 내게 작용한다. 어느 순간 딸이 말한다.

"아빠, 나 지금 꿈꾸는 것 같아."

이 말을 듣자마자 뭔가 뭉클한 마음이 들면서, 더 열심히 놀아줘야겠다는 각오를 다진다. 그렇게 세 시간이 지났다. 이제 추가 요금을 내야 하는 상황. 딸을 사랑하는 마음과는 별개로, 몸이 너무 피곤하다. 딸이 뽑기에 정신이 팔린 사이, 건강 앱을 켜서 몇 걸음을 걸었는지 본다. 순간 눈을 의심한다. 만 이천 걸음? 아니 내가 뭘 한 거지.

더는 버티기 어려워 아내에게 전화를 건다. 그러나 작전 실패. 시계를 보니 저녁 먹이고 오라는 아내의 말이 틀린 건 아니다. 그런데 왜 이리 슬플까. 자기가 원하는 캐릭터 뽑기에 실패한 딸이 나를 향해 달려오는 광경을 보고 있자니 더 슬프다. 문득 의문이 생긴다. '딸이 순순히 볶음밥을 먹어줄까?' 이어서 온몸에 돋아나는 소름. '오늘 내로 키즈 카페를 나갈 수 있을까?' 무의미한 생각이다. 차라리 아내의 꿀 같은 휴식을 상상하는 게 낫다. 어느새 내 앞에 도착한 딸. 손목에 헝겊 재질의 쇠고랑을 채우며 말한다.

"아빠, 감옥에 얌전히 있으면 금방 풀어 줄 거야."

갑자기 억울한 마음이 든다. 대체 아빠가 뭘 잘못했냐고 따져 묻자 딸이 말한다.

"아빤 날 너무 사랑해!"

음? 이런 이유라면야 무기징역이지. 순식간에 납득한 아빠는 조용히 입을 다물고 미끄럼틀로 끌려간다.

꼬마 탱크 조종수의 배신

"쏴아아……."

둔탁한 마찰음이 계속 들린다. 인공폭포가 머리를 두드리는 소리다. 나는 물벼락을 맞으며 튜브를 본다. 튜브에는 아빠를 두고 달아나는 딸이 있다. 잠시 멍하니 지켜보던 아빠는 뒤늦게 깨닫는다. '아, 또 속았다!'

워터파크 가는 길. 내키지는 않았으나 요즘 들어 딸이 물놀이에 재미를 붙이기도 했고, 아내가 가보자고 조르는 통에 어쩔 수 없었다. 물 공포증이 있어 바닷물에 발 담그는 것도 두려워하던 아내. 어느샌가 수영을 배우더니 지금은 나보다 수영을 잘한다. 내가 할 줄 아는 거라곤 대학생 때부터 지금까지 자유형과 개구리헤엄뿐이다. 새삼 느껴지는 의문의 일 패. 고개를 흔들어 상념을 떨친다. 지금은 이런 생각을 할 때가 아니다. 도착하기 전에 무엇을 하며 재밌게 놀 것인지 계획을 짜야 한다.

이런 건 종이에 연필로 적어가면서 해야 하는데, 그냥 냅다 생각만 하니까 우스운 꼴이 펼쳐진다. 이를테면 학창 시절 문제집을 샀는데 열 페이지까지만 열심히 보고 앞부분이 기억나지 않아 다시 펼쳐서 보고, 그리하여 앞부분만 새까매지는 모습 같달까. 이 순간 내 의식의 타임 루프는 다음과 같다. 도착해서 옷을 갈아입고, 나와서 풀장에 발을 담근다. 튜브에 바람을 넣는다. 딸을 태우고 밀어준다. 이 지점에서 생각은 막히고. 다시 처음으로 되돌아가는 어떤 멍청한 순환. 헛바퀴가 돈다. 일단 뭔가가 돌기 때문에 동력이 발생한다. 그곳에서는 열에너지가 발생하기 마련이다. 젠장. 머리에서 김이 나기 시작한다.

뒷좌석에 다리를 꼬고 앉아계신 회장님께서 묻는다.

"여보 왜 이렇게 딴생각을 하면서 운전해?"

헉, 귀신인가. 어떻게 딴 생각하는 줄 알았냐고 묻자 아내가 말한다. 백미러에 비친 내 눈동자가 격렬하게 좌우로 움직이는 걸 봤다고. 아내의 말을 듣자 머릿속 전구가 반짝하고 켜진다. 내 머리가 공회전한 이유는, 문제의 핵심에 접근하지 못하고 수박 겉만 핥았기 때문이다. 어떤 놀이기구를 타고 뭘 할 것인지가 중요한 게 아니다. 진짜 중요한 일은, 아내와 딸의 심기를 예민하게 살피며 수발을 들어야 하는 거다. 머리가 지끈지끈 아파졌다.

그러거나 말거나 워터파크에 도착한 딸은 그저 신났다. 엄마의 손을 붙잡더니 빨리 들어가잔다. 자기 쉬 마렵다나 뭐라나. 어쨌든 다정하게 손을 잡고 탈의실로 이동하는 흐뭇한 광경을 보니. 문득 이런 생각이 들었다. '이 순간이 영원했으면.' 물론 내가 혼자 있고 싶어서 그런 건 아니다. 그냥 모녀의 뒷모습이 아름다웠다는 얘기다. 나도 서둘러 준비해야 한다. 왕비님과 공주님이 조만간 수영복 런웨이를 할 예정이기 때문이다. 나는 신속하게 수영복 반바지를 입고, 래시가드를 걸친다. 머리에 검은색 수영 모자까지 쓰면 준비 완료. 아빠 시종은 탈의실 입구를 예리하게 주시한다. 오랜 시간이 지났음에도 나오지 않는 모녀. 잠깐 지루해진 아빠 시종은 아주 잠깐 딴짓을 했으나, 그 사이에 모녀는 나오고 말았다.

안 좋은 일은 몰아서 닥친다고 했나. 가져온 튜브에 문제가 생겼다. 갑자기 난동을 부리는 딸. 미안해진 아빠는 튜브를 빌린다. 이런 사악한 가격이라니. 하지만 딸의 마음을 달래 주기 위해선 어쩔 수 없다. 상술에 적극적으로 농락당할 수밖에. 아빠가 가진 마음의 빚이 컸나 보다. 빌려온 튜브가 저렇게 엄청난 걸 보니. 들어는 보셨나, 무려 '탱크' 튜브다. 운전하다 길에서 가끔 마주치는 차량 하부를 한껏 높인 '지프 랭글러'같이. 탱크 튜브에 탄 딸은 워터파크에 존재하는 모든 이를 내려다본다. 몹시 위풍당당한 모습에 아빠의 눈시울이 붉어진다. 그런데 또다시 문제가 생겼다. 튜브를 탄 딸의 발이 수면에 닿지 않는다. 이 말인즉슨. 아빠가 밀어줘야 한다는 거다. 이런 젠장.

까르륵대는 딸. 아빠는 그 장면에 취한 채로 순환 풀을 몇 번이고 돈다. 얼마나 돌았는지 모르겠다. 적어도 몸이 도는 것인지 정신이 도는 것인지도 알아채지 못할 만큼은 돌았다. 아빠의 영혼은 소금이 되어 물에 녹아내린다.

내가 곧 물이고, 물이 곧 나인, 일종의 물아일체의 상태. 놀러 와서 철학적 깨달음을 얻다니. 잠시 망상에 빠져 있는데 딸이 외친다.

"아빠, 저기로 돌격해."

딸의 손가락은 어느 절벽을 가리키고. 그곳에서는 어마어마한 물이 쏟아져 내리고 있다. 나이아가라 폭포를 축소해 놓은 듯한 그곳. 수면과 폭포가 맞닿는 부근에서 일어나는 하얀 포말이 압도적이다. 살짝 겁이 나서 딸에게 되묻는다.

"저길 가자고?"

딸이 고개를 끄덕이며 말한다.

"응, 빨리 돌격하자. 시간이 없어."

뭐가 시간이 없다는 거지, 시간 많은데. 그러나 따지면 안 된다. 나는 지금 딸의 하반신이 되어 물속을 걷고 있으므로 지시 한 대로 움직이는 것이 맞다.

폭포 근처에 이르렀을 때 딸이 말한다.

"아빠, 저기 뭐 있나 좀 보고와."

아빠는 어이없는 마음에 딸과 협상을 시도한다.

"저기 들어가면 아빠 많이 아플 것 같은데, 저 멀리 물대포 쪽에서 놀면 안 돼?"

딸의 짓궂은 표정. 불안하다. 딸이 이렇게 말한다. 자긴 물대포가 싫으며 지금 여기 있는 폭포를 기어이 조사해야겠다고. 할 수 없이 아빠는 눈물을 머금고 폭포를 향하여 조금씩 접근한다. 물방울이 내 얼굴로 따갑게 달려든다.

간신히 폭포 중앙에 도착한 아빠는 대충 조사를 마치고 딸 쪽으로 몸을 돌린다. 그제야 눈에 들어온 이상한 광경. 딸이 탱크 튜브를 타고 신나게 물장구를 치며 물대포 쪽으로 가고 있다. 물대포 옆에서 딸을 향해 손을 흔드는 아내도 보인다. 어, 뭐지. 딸이 분명 물에 발이 안 닿아서 튜브를 밀어줘야 한다고 했는데. 그리고 아빠만 폭포에 밀어 넣고 자기 혼자 다른 곳으로 놀러 간다고? 딸에게 배신당한 듯한 기분과 어이없음이 치솟는다. 하지만 무의미하다. 지금 내 머리로 폭포수가 무자비하게 떨어지고 있는 상태. 치솟은 감정은 순식간에 사그라지고 아빠는 다시 바보가 된다.

기분 좋은 피로감 속에 돌아오는 길, 백미러로 보니 모녀가 다정하게 대화하고 있다. 무슨 말을 저렇게 재밌게 하고 있나 궁금한 마음에 귀를 열어본다. 그런데 이상한 말이 들린다.

"엄마, 나 아까 튜브 탔을 때 아빠가 위험한 폭포로 데려갔어."

나는 조용히 백미러 각도를 틀어 못 들은 척한다.

딸들의 천국, 아빠들의 무덤

신나게 놀고 저녁 늦게 집으로 돌아온 부녀. 아내의 표정은 밝다. 딸을 껴안고 오늘 뭐 했냐고 물어본다. 이런 다정한 모녀 같으니. 아빠는 잠시 흐뭇한 표정으로 그 광경을 바라보다가. 딸이 하는 말을 듣고 얼어붙는다.

"엄마, 아빠가 뽑기 엄청 많이 해서 인형 하나 뽑았어. 아빠가 사달라는 거 다 사줬다. 그래서 밥도 안 먹었어. 잘했지?"

순간 아내의 얼굴이 금 간 유리처럼 갈라진다. 아내에게 혼나면서 생각한다. 인생은 조금씩 어긋나는 거라고. 아니면, 한순간에 삐끗 인가?

아침부터 덥다. 땀은 구슬이 되어 미끄러진다. 에어컨 바람마저 미지근하다. 이놈의 몸뚱어리가 계속 움직이고 있는 통에, 방금 마신 물이 1초도 안 되어 피부 밖으로 튀어나온다. 책장을 이리 옮겼다가 저리 옮겼다가. 옷장을 세웠다가 눕혔다가. 짐을 이쪽 방에 넣었다가 저쪽 방에 넣었다가. 아내와 나는 쉴 새 없이 움직인다. 피서철의 이삿짐 정리는 이토록 고단하다. 살짝 고개를 돌려 아내를 본다. 아내의 이마와 목에 송골송골 맺힌 땀방울. 에잇! 하필 이 순간 결혼할 때 공개적으로 했던 약속이 떠오를 게 뭐람. 그때 나는 분명 이렇게 말했다.

"아내의 손에 물 한 방울 안 묻히게 하겠습니다!"

말도 안 되는 거짓부렁이다. 손이 뭔가, 지금 아내는 온몸이 땀범벅이다. 너무 피곤하지만. 눈을 질끈 감고 아내에게 말한다.

"여보, 내가 아이 데리고 헬로키티 아일랜드 다녀올게."

헬로키티 아일랜드. 그곳은 딸들의 천국이자 아빠들의 무덤이다. 그곳의 악명을 익히 들어온 나로서는, 방문을 최대한 미룰 수밖에 없었다. 이것도 오늘로 끝. 이제는 가야 한다. 발등에 불이 떨어졌으므로, 서둘러 정보를 모은다. 휴대전화 액정을 가득 채운 핑크빛 인형들이 눈을 어지럽힌다. 혹시 핑크빛 셀로판지가 눈동자에 붙은 건 아닐까 하여 눈을 비벼보지만 달라지는 건 없다. 여전히 동공에 맺혀 있는 핑크빛 지옥. 나는 잠시 후회한다. 굳이 아내에게 그런 말을 할 것까진 아니었는데. 그 순간 뭐에 쓰였던 걸까. 갑자기 소름 돋는다. 슬쩍 돌아보니 어떤 존재가 날 보며 웃고 있다. 그 존재는 이를테면 혼돈. 치우면 어지르고, 다시 치우면 다시 어지르고야 마는, 우주의 엔트로피를 증가시키는 우리 딸이다. 안 봐도 뻔하다. 분명 이런 생각을 하고 있겠지. '어떻게 하면 아빠를 골려 먹을 수 있을까.' 나는 호흡을 천천히 들이마시고, 뭉뚱그려진 탄식을 내뱉는다. 내 손으로 내 무덤을 파고야 말다니.

돌이킬 수 없음을 깨달은 아빠는 마음을 단단히 먹고 놀러 갈 준비를 한다. 의외로 딸이 협조적이다. 어딜 가는지 아는 것이다. 조용히 옷방으로 들어가서 노란색 발레복을 꺼내 드는 딸. 아빠는 왜 그걸 꺼내냐고 잔잔한 목소리로 항의해보지만, 우리 집 서열 1위는 아빠의 바람을 살포시 무시하고 발레복을 입는다. 잠시 잊고 있었다. 딸은 설득할 수 없는 존재라는걸. 이해를 포기하는 게 편하다. 이성과 감성의 균형은 갖다버리는 게 정신 건강에 좋다. 그리하여 아빠는 거의 무념무상인 상태로 출발한다. 딸의 손을 붙잡을 정신만을 간신히 남겨둔 채.

딸은 분홍색 건물 외벽을 보자마자 흥분한다. 아직 차에서 내리지도 않았는데 마음은 이미 뛰쳐나갔다. 아빠는 들어가자마자 놀라자빠진다. 거대한 헬로키티. 알록달록한 색채의 향연. 주변이 전부 헬로키티(고양이)와 마이멜로디(토끼인 듯), 쿠로미(뭔 동물인지 모름), 시나모롤(뭔지 모름), 기타 등등(전혀 모름) 투성이다. 알고 싶지 않은 정보들이 아빠의 뇌로 폭포수처럼 쏟아진다. 진작에 저장 용량을 다 써버린 아빠는 다시 한번 정신이 나간 채 딸의 손에 이끌려 휘청거린다. 그럴 수밖에 없다. 이 순간 딸은 급류, 아빠는 색종이로 만든 배이므로.

어느새 1층을 정복한 딸. 2층에 올라가자마자 분홍색 카페로 돌진한다. 아빠는 자연스럽게 시종장이 되어 공주님 테이블에 귀여운 헬로키티 딸기 케이크를 세팅한다. 이어지는 잔인한 광경. 딸은 입맛을 다시더니 헬로키티의 코부터 숟가락으로 파먹는다. 귀여운 부분부터 먹어야 맛있다나 뭐라나. 순식간에 헬로키티를 모조리 파먹은 딸. 본능이 이끄는 대로 실내 놀이터를 향해 달려간다. 그곳엔 커다란 나무 모양의 놀이기구가 있다. 아이들은 격하게 뛰어놀고, 부모들은 하나같이 벽에 붙어 휴대전화를 만진다. 휴식이 필요한 아빠는 슬쩍 그들 사이로 끼어든다. 그리하여 어떤 기이한 장면이 완성된다. 부모들로 이루어진 원형의 띠. 중앙의 커다란 나무. 그 안과 밖에서 까르륵대는 천사들. 그래 아빠만 안 찾으면 천사다. 아빠는 중앙의 제단을 향해 기도한다. 제발 딸이 아빠의 존재를 망각하게 해달라고. 기도를 마치자마자 딸이 부른다. 에잇! 괜히 기도했다. 몇 초라도 더 쉴걸. 그러나 이런 잡념조차 버려야 한다. 마치 딸이 부르기만을 기다렸다는 태도로 딸 앞에 뿅 나타나서 왜 불렀는지 묻는다. 딸이 엄숙하게 선언한다.

"아빠, 여기 재미없으니까 3층 가자!"

'유레카!' 아. 이건 발견의 환호성이다. 이번에는 '만세!'가 적합하다. 아빠는 딸의 현명한 결정에 박수를 보내고. 딸을 안은 채 3층으로 달려간다. 올라가자마자 얼어붙은 아빠. 살짝 딸의 눈을 가려보지만. 이성이 날아간 딸은 그곳을 보고야 만다. 바로 '뽑기방.' 딸은 번개같이 인형 뽑기 앞으로 달려가 혼자 주문을 외운다. "아! 마이멜로디 인형 갖고 싶다" 곱하기 백번. 슬쩍 모른 척 해보지만 아빠의 수작을 눈치챈 딸은 뽑기방이 울릴 정도로 쩌렁쩌렁하게 주문을 외운다. 주문에 걸린 아빠는 할 수 없이 천 원짜리 한 장을 들고 기계에 집어넣는다. 이럴 수가. 천원으로는 두 판밖에 못 한다. 기계의 농간으로 순식간에 천 원을 탕진한 아빠. 딸은 한심한 표정으로 아빠를 바라본다. 아빠는 참을 수 없다. 엄마가 알면 기겁을 하겠지만, 로또복권 사는 마음으로 만 원짜리 지폐를 집어넣는다. 그리하여 열여덟 판째. 마이멜로디 인형은 딸의 손에 들어갔다.

딸이 큰소리로 외친다.

"아빠 최고야! 사랑해!"

아, 딸이 이렇게 말하면 어깨 뽕이 올라갈 수밖에 없다. 나는 기고만장한 채로 껄껄 웃어젖히고, 그러다가 잠시 이성이 돌아온다. 근데 얼마를 탕진한 거지? 계산해보니 이 조그만 인형은 만 천 원짜리다. 이런 젠장. 이 사실을 엄마가 알면 안 된다. 아빠는 걱정되는 마음에 딸에게 신신당부한다.

"이거 엄마가 알면 아빠 쫓겨나니 비밀로 하자."

딸은 자기만 믿으란다. 하지만 딸은 아내의 심복이었고. 비밀은 누설되고야 말았다. 세상에 믿을 사람 하나 없다는 교훈과 함께. 나는 밤새도록 아내에게 잔소리를 들어야만 했다.

놀이공원의 신데렐라

아내가 뭔가를 검색한다. 느낌이 싸하다. 불안하다. 서서히 다가오는 아내. 피할 곳을 찾지만 좁은 거실과 주방에는 숨을 곳이 없다. 아내가 입을 열려는 찰나. 순간 묘안이 떠오른다.

"여보, 배 아파서 화장실 다녀올게."

화장실 문을 잠그고 심호흡을 한다. 뭘까. 나한테 뭘 시키려고 하지? 휴대전화 화면을 열고. 아내가 최근에 보낸 메시지를 다시 한번 확인한다. 도저히 모르겠다. 밖에선 아내가 빨리 나오라고 재촉한다. 결국, 불쌍한 표정을 지으며 문을 연다. 그러나 아내는 아랑곳하지 않고 쌓아둔 말을 쏟아낸다. 결론은 이거다.

"부산 가자!"

갑자기 부산이라니. 부산에 뭐가 있었더라. 텅 빈 머리에서 뭔가가 나올 리가 없다. 순순히 아내의 말을 기다린다. 딸이 최근에 놀이공원 가자고 졸랐단다. 롤러코스터와 대관람차, 회전목마를 그렇게 타고 싶다고 난리를 쳤단다. 그러므로 한 번은 가줘야 한다는 아내의 주장. 주장과 이유가 유기적으로 이어지고, 상당히 논리적이다. 아내가 이렇게 말을 잘했던가. 뭐라 덧붙일 말이 없어서 그냥 고개를 끄덕이고 말았다.

놀이공원 간다는 말에 환호성 지르는 딸. 아내는 촘촘하게 계획을 짜고. 나는 아무 생각이 없다. 아내가 가자는 대로, 딸이 하자는 대로 하기로 마음먹은 상태이기 때문이다. 내가 생각이란 걸 하게 되면 피곤해진다. 무릇 아빠의 본분이란 운전 잘하고, 무거운 가방 잘 들고, 딸과 아내의 수발을 잘 들어 주면 되는 것 아니던가. 섣부른 생각은 화를 부를 뿐이다. 저 멀리 어렴풋이 애국가가 들린다. 나는 자연스레 오른손을 심장에 올리고 굳게 다짐한다. 어떠한 상황이 닥쳐도 내 생각은 버리고, 오로지 딸과 아내의 심기만을 살피겠노라고. 마음의 준비가 끝났으니 움직일 차례다. 이렇게 우리 가족의 전쟁 같은 놀이공원 투어가 시작됐다.

출발 직전, 운전석에 앉자마자 당황한다. 목적지가 어디인지 몰라서다. 너무 생각을 안 했나. 어쩔 수 없다. 혼날 걸 각오하고 묻는 수밖에.

"우리 부산 어느 놀이공원 가는 거지?"

내 말을 듣자마자 갑자기 급발진하는 아내. 지금까지 부산 롯데월드 이야기했는데 어디 가는지 모른다는 게 말이 되냐며 타박을 놓는다. 얄밉게도 딸이 구박을 거든다. 나는 미안한 마음에 눈물 없이 들을 수 없는 반성의 말을 구구절절 늘어놓는다. 이럴 땐 별수 없다. 아내와 딸에게 용비어천가를 들려줄 수밖에.

네 시간 운전 끝에 놀이공원에 도착했다. 비라도 내렸던 건지 땅이 촉촉하다. 평일이기도 하고, 소나기 소식도 있어서 사람이 별로 없다. 아빠 마부는 쾌재를 부르며 트렁크에서 유모차를 꺼내고, 조심스레 공주 쪽 문을 연다. 설레는 표정. 공주의 얼굴에서 기대감이 퐁퐁 풍겨 나온다.

아내도 차에서 꿀잠을 잤는지 표정이 괜찮다. 내가 운전을 너무 잘했나. 아차! 망상에 빠져 있을 시간이 없다. 딸이 유모차 안에서 출발 신호를 보내고 있다. 나는 웃으며 오케이 사인을 던지고 유모차 손잡이를 힘주어 밀기 시작한다.

입구로 들어서자 커다란 나무가 보인다. 왠지 포토존인 것 같다. 우리는 오후 늦게 들어왔으므로, 포토존 따위는 가볍게 무시하고 놀이기구를 향해 달려간다. 첫 번째로 도착한 곳은 회전목마. 무척 화려하다. 형형색색의 말뿐만 아니라 온갖 동물이 다 있다. 딸이 외친다.

"아빠, 나 저기 저 하얀색 말 탈래!"

내가 봐도 멋지게 생긴 말이다. 저걸 타려면 경쟁을 뚫어야 하기에 서둘러 줄을 선다. 기다리는 동안 딸을 안았다가 업었다가, 지지고 볶다 보니 우리 차례가 왔다. 그런데 돌발 상황이 발생한다. 아이들 키를 재는 것이 아닌가. 키를 재는 봉에는 85cm, 105cm 두 가지의 눈금이 적혀 있다. 85cm 이하면 아예 못 타고. 105cm 이하면 딸이 점찍어 놓은 말을 못 타는 상황. 딸은 긴장한 상태로 키를 재고. 하필 105cm에 약간 못 미쳐 보라색 도장을 받았다. 경직된 딸. 나는 폭발 직전의 딸을 안고, 온갖 감언이설을 쏟아낸다. 결국, 딸은 말을 못 타고 희한하게 생긴 수레에 탄다. 딸의 울적한 표정에 나도 슬퍼진다.

다음은 범퍼카다. 그런데 이것도 105cm 이하면 못 타는 게 아닌가. 별로 위험해 보이지도 않고, 보호자와 함께 타는데 왜 105cm가 기준인지 이해가 안 된다. 어쨌든 딸과 함께 줄을 서고, 직원이 딸의 키를 재는 광경을 지켜본다. 신이 도운 걸까. 이번엔 기준을 통과했다. 딸의 손목에 초록색 도장이 찍히고, 아빠와 딸은 얼싸안는다.

"아빠, 해냈어!"

아니 이게 뭐 대단한 거라고. 딸의 외침을 들은 나는 눈시울이 붉어진다. 알고 보니 재미있는 놀이기구 대부분이 105cm가 기준이다. 이 말인즉슨 이제 딸의 앞길을 막을 것은 없다는 얘기다.

아이들이 탈 수 있는 놀이기구 중에 가장 무서워 보이는 롤러코스터를 정확히 다섯 번 탔다. 내가 함께 타보니 정말 무섭다. 그러나 딸은 아랑곳하지 않고 "한 번 더!"를 외친다. 역시 우리 딸. 아빠 미소가 절로 지어진다. 다음은 '날아라, 염소'라는 놀이기구. 염소가 빙글빙글 돌면서 올라갔다가 내려오는 기구이다. 내 생각에 이것도 강도가 센데, 딸은 너무나 잘 탄다. 스릴을 즐기는 아이라니. 다른 아이라면 한참 전에 겁을 먹었을 텐데, 계속 타자고 조르는 딸은 대체 뭐지. 아무튼, 이것도 다섯 번 탔다.

이상한 일이다. 놀이기구를 타면 탈수록 딸은 팔팔해진다. 딸은 놀면서 에너지를 충전하는 것일까. 그 모습을 보는 나는 마냥 즐겁다. 물론 내 체력은 시간이 지날수록 빠져만 간다. 애들 놀이기구 몇 번 탔다고 이 지경이 되다니. 혹시 아빠의 활력이 딸에게 전해지는 것 아닐까. 딸은 아빠의 분신이기에. 아빠의 시간을 먹고 자란 딸이 저렇게 펄펄 날고 있다. 다시 생각해 보니 이건 기뻐할 일이다. 그러므로 아빠는 웃는다. 체력이 빠져도 웃고, 지쳐도 웃는다. 딸이 다리 아프다고 해서 목말 태워줄 때도 웃고, 야간 퍼레이드 코스를 따라 딸을 안고 뛰어다녀도 웃는다. 단순한 아빠는 힘이 들건 말건 그냥 계속 웃는다.

여긴 동화 속 세상. 약속된 시간이 됐지만, 신데렐라는 집으로 돌아갈 생각이 없다. 어떤 마법사가 자정이 지나도 절대 풀리지 않는 마법을 걸어 놓았기 때문이다. 유리 구두가 벗겨질 일도 없고, 옷이 누더기로 변할 일도 없다. 그리하여 신데렐라의 세계는 딸의 마음속에 영원히 박제된다. 아빠 마법사의 의도대로.

어서 와, 영화관은 처음이지?

우리 집 리클라이너 소파는 두 명이 겨우 앉을 수 있다. 구매 당시 영업사원이 말했다.

"이거 가죽보다 더 좋은 패브릭이에요. 우주복 재질과 같습니다."

촉감도 좋고, 액체를 쏟아도 잘 닦인다는 말에 홀랑 넘어가 아내의 반대를 무릅쓰고 계산했더랬다. 여기에 앉으면 우주인처럼 둥둥 떠다닐까 기대했지만, 지금 생각하면 순진했다. 나는 몰랐다. 이 소파가 어디까지 더러워질 수 있는지. 딸을 얼마나 무중력 상태로 만들 수 있는지.

지금 이 순간, 나는 딸과 함께 얼룩진 소파에 누워 유영 중이다. 딸은 내 배 위에 올라타 체리와 블루베리를 오물거리며 텔레비전을 본다. 눈과 입, 손이 따로 노는 대단한

멀티태스킹이다. 눈은 캐릭터에 집중하고, 왼손은 과일에 집중하며, 오른손은 아빠의 팔꿈치를 계속 긁어대며 집중한다. 웃긴 장면이 등장할 때마다 까르륵 웃는 입. 딸은 입으로만 웃지 않는다. 엉덩이까지 들썩이며 아빠의 장운동을 돕는다. 이렇게 아빠와의 공생이 시작된다.

아뿔싸. 장운동이 과했나 보다. '뿌웅'소리가 리클라이너를 울린다. 즉각 나를 째려보는 딸. 아빠는 괜스레 딸이 얄미워 엄마에게 먼저 고자질한다.

"여보, 우리 딸 방귀 소리가 아주 거창하네. 하하."

그러나 엄마는 속지 않는다. 이 소리의 주파수는 절대 딸의 것이 아니며, 평소 방귀 소리와 비교해 봤을 때, 아빠의 방귀일 확률이 99% 이상이라는 아내의 분석. 당할 도리가 없다. 게다가 딸이 복수를 준비한다. 조용히 소파 헤드로 올라가더니 엉덩이를 아래로 향한 채 다이빙한다. 목표는 아빠의 아랫배다. 아빠의 괴성과 함께 다시 한번 울려 퍼지는 향기의 팡파르. 엄마와 딸은 안방으로 즉각 대피하고 아빠는 화장실로 달려간다.

찝찝한 기분 탓에 당분간 소파를 사용할 수 없게 됐다. 딸은 만화를 못 봐서 잔뜩 화가 난 상태다. 그러므로 대책을 마련해야 한다. 신속히 영화관을 검색한다. 스크롤을 내리자 눈앞을 가득 채우는 형형색색. 탄성이 절로 터져 나온다. 〈인사이드 아웃 2〉가 개봉했다니. 기쁜 마음에 아내에게 달려가 보고한다.

“영화 보고 올게, 좀 쉬고 있어.”

딸 데리고 몇 시간 나갔다 온다는 말에 반색하는 아내. 이 사람은 도무지 표정을 숨길 줄 모르나 보다. 괜히 뻘쭘한지, “괜찮겠어?”라고 묻는다. 예전에 장난 좀 친다고 이 질문에 “아니, 생각해 보니까 안 괜찮겠네. 그냥 집에 있을게”라고 했다가 호되게 당한 기억이 떠오른다. 인간은 학습의 동물. 그러므로 잘못은 다시 범하지 않는다. 나는 아내가 부드럽게 던진 떡밥을, 몹시 부드럽게 낚아챘다.

“물론이지. 여보가 일주일간 고생 많이 했으니까, 남편이 이 정도는 해야지. 최대한 오래 있다가 올게.”

사실 속마음은 이게 아니다. 피곤해 죽겠고, 시체처럼 자고 싶지만 잠은 죽어서 오래 잘 수 있으니 참는다. 그리고 어차피 해야 할 일이면 즐겁게 하자는 게 내 신조이므로 좋게좋게 간다.

딸에게 영화관 가자고 했더니 즉각 거부반응이 온다. 알록달록한 포스터를 보여줘도 "싫어"를 연발하는 딸. 어쩔 수 없이 원초적 본능을 건드린다.

"우리 달콤한 팝콘 먹으러 갈래?"

조건반사적으로 반응하는 딸.

"오예, 역시 아빠가 최고야. 사랑해!"

그래 이거지. 온종일 티격태격하던 부녀는 어느 순간 다정한 커플이 되어 영화관으로 출발한다.

가장 먼저 가야 할 곳은 화장실. 영화를 보다가 중간에 나오면 안 되므로, 딸의 속을 알뜰살뜰 비운다. 다음은 팝콘 판매장. 지난번에 고소한 맛으로 샀다가 얼마나 혼쭐이 났는지. 딸은 무조건 달콤한 맛이다. 그렇게 팝콘 '중'사이즈 하나와 생수 한 병을 구매한다. 이제 들어가면 된다. 아차. 입구에 있는 높이조절 쿠션을 챙겨야 한다. 거기에는 하나씩만 가져가라고 적혀 있으나. 몰래 세 개를 챙긴다. 큼큼, 다행히 오늘 관람 인원은 열 명도 안 되는 것 같다.

어둠 속을 더듬으며 겨우겨우 맨 앞 열에 도착한 야맹증 아빠. 딸의 좌석을 준비한다. 자동으로 접히는 의자가 몹시 신경에 거슬리므로, 등 쪽에 쿠션 하나를 끼우고 좌석에 쿠션 두 개를 깐다. 이어서 딸의 겨드랑이를 들어 좌석에 앉힌다. 딸의 앉은키가 대충 내 앉은키와 비슷해졌다. 의자도 자동으로 접히지 않으니, 딸의 엉덩이가 밑으로 빠질 일도 없다. 허리에도 두툼한 쿠션이 끼워져 있으므로 딸의 허리가 이상한 각도로 구부러지지 않는다. 혹시 민폐가 되려나. 뒤를 돌아보니 다행히 딸의 뒤편에는 사람이 없다. 좌석 팔걸이에 생수를 놓는다. 물론 뚜껑은 열고 빨대를 끼운 상태다. 팝콘 통은 딸이 보드랍게 안고 있다. 나도 먹고 싶은 마음에 슬쩍 손을 내밀어보지만 어림없다는 듯이 내 손등을 찰지게 때리는 딸.

"아빠는 당뇨 걸렸으니까 팝콘 먹으면 안 돼!"

기가 막힌다. 다섯 살짜리가 당뇨를 안다고? 누가 이런 말 알려줬냐고 캐물으니 엄마가 알려줬다고 자백한다. 아이고 머리야. 맞는 말이라 반박을 못 하겠다.

암전되는 실내. 광고에 이어서 영화가 나온다. 나는 사실 영화를 보러 온 게 아니다. 딸의 수발을 들려고 왔지. 그러므로 딸의 표정과 행동 변화에 집중한다. 손을 비비는 광경을 목격하면, 즉각 물티슈를 대령한다. 물 쪽으로 손을 뻗는 동작을 보면, 즉각 팔걸이 컵 받침에서 생수를 꺼내 준다. 만족스러워 하는 딸의 표정. 내 표정도 덩달아 밝아진다. 뭔가 점수 딴 기분에 딸에게 슬쩍 물어본다.

"아빠가 좋아, 엄마가 좋아?"

유치한 질문이지만 아빠의 마음이란 어쩔 수 없나 보다. 딸의 대답은 예상했던 그대로다.

"아빠도 좋지만, 난 엄마 부하야."

그래, 아빠가 두 번째 순위라도 좋다. 좋아만 한다면야. 딸에게 덕담을 들은 아빠는 그저 행복하다.

집에 왔다. 딸은 함박웃음을 짓고, 육아에서 잠깐이나마 해방된 아내는 휴대전화 배터리가 완충된 것처럼 쌩쌩하게 딸을 맞이한다.

"우리 딸, 영화 재밌게 봤어?"

무척 밝아진 아내. 내 기분도 좋아진다. 에헴, 오늘은 눈치 안 보고 쉬면서 아내에게 생색 좀 낼 수 있을 것 같다.

한껏 풀어진 마음에 룰루랄라 거실로 들어서는데 딸의 말이 비수처럼 꽂힌다.

"엄마, 근데 아빠가 당뇨 있는데 내 팝콘 뺏어 먹으려고 했어!"

지구가 멸망해도 아빠는 슈팅스타

아이스크림 가게는 춥다. 에어컨 바람 탓은 아니다. '한기(寒氣)'는 내 안에서 발생한다. 무언가 크게 잘못된 느낌. 의식은 그것을 감추려 하지만, 무의식은 어쩔 줄 모를 때 발생하는 그런 '한기'다. 아빠 바보는 아직 감을 못 잡았다. 그러므로 현재 나타난 결과를 토대로 '한기'의 원인을 역추적한다.

눈을 크게 뜬다. 딸은 갈색 나무 의자에 앉아 있다. 네모진 원목 테이블 위에는 동그랗게 생긴 분홍빛 그릇이 있는데, 내부는 텅 비어 있다. 무엇이 담겨 있던 흔적만 어렴풋이 보인다. 숟가락 두 개는 제멋대로 굴러다닌다. 하나는 그릇 안에, 하나는 바닥에 떨어져 있다. 잔뜩 인상을 쓰고 있는 딸. 입술이 튀어나와 있는 거로 봐서는 무언가에 단단히 화가 난 것으로 추정된다. 딸은 원래 강아지상으로, 나를 닮아 눈꼬리가 살짝 내려가 있었는데 지금 보니 고양이처럼 올라가 있다. 콧잔등의 주름이 두 개가 늘어났고, 입술은 너무 꽉 물고 있어서 그런지 새파랗다. 내 시선은 계속해서 남겨진 흔적을 따라가고, 딸의 눈동자에 도달했을 때 부들부들 떨던 딸의 입에서 격한 분노가 튀어나온다.

"아빠 미워!"

유난히 무더운 날씨. 불과 몇 분 전까지, 나는 딸과 함께 산책하고 있었다. 땀범벅이 된 내 티셔츠. 딸은 뭔가 불쾌한 느낌이 드는지, 내 손을 잡은 채로 자기 몸을 멀리 떨어뜨린다. 먼 옛날, 운동장에 모여 '옆으로 나란히'란 구령에 양팔을 뻗었던 기억을 떠올려보시라. 바로 옆 사람과 손이 닿을락 말락 한 상태. 바로 그거다. 부녀는 그렇게 엉거주춤한 자세로 산책한다. 그러다가 딸의 눈에 배스킨라빈스 매장이 들어온다. 격하게 환호성을 지르는 딸. 제발 아이스크림 먹고 가자고 조른다.

일단 한 번 튕긴다. 아내가 딸에게 아이스크림 먹이는

걸 싫어하기 때문이다. 지금은 아내 없이 딸과 단둘이 산책을 하는 상황. 이대로 들어가서 먹었다가 아내에게 걸리면 지구가 멸망한다. "안돼!"라고 단호히 말해보는 아빠. 뭔가 권위를 세워보는 건 오래간만인 것 같다. 갑자기 눈을 치켜 뜨는 딸. 아빠를 설득하기 시작한다. 지금 아빠의 몸이 땀으로 젖었고, 왜 그런지 모르겠지만 머리에서 김이 나오고 있으므로 아이스크림을 먹어줘야 한다는 말. 아빠는 묘한 설득력에 고개를 끄떡이고야 만다. 아뿔싸! 정신을 차려보니 아빠 몸이 딸의 손에 이끌려 배스킨라빈스 매장 안으로 들어서고 있다.

큰일 났다. 일단 딸을 잠시 멈춰 세우고선 비밀 서약을 한다.

"이거 엄마가 알면 아빠 집에서 쫓겨나. 그러니까 아무한테도 말하면 안 돼. 알았지?"

딸은 자기만 믿으라고 한다. 묘하게 불안한 대답. 매번 딸에게 배신당하다 보니 의심부터 든다. 그런데 오늘은 믿고 싶다. 믿어야 한다. 아이스크림을 먹지 못하도록 딸을 설득할 자신이 없기 때문이다. 어쨌든 딸의 발걸음에 맞춰

매장 안으로 들어간다. 실내라서 그런지 에어컨은 빵빵하게 나온다. 주문의 시간. 아차! 지갑을 두고 왔다. 황급히 카톡 선물함을 뒤진다. 다행히 쿠폰이 있다. 그제야 아빠는 안도의 한숨을 내쉰다.

세 가지 맛을 골랐다. '슈팅스타', '레인보우샤베트', '아몬드봉봉.' 모두 딸의 취향이다. 딸이 선심 쓰듯 말한다. '아몬드봉봉'은 아빠를 위해 시켰으니 조금만 먹으라고. 생각해 보니 뭔가 이상하다. 분명 매장 안에 들어설 때는 아빠를 위해서 아이스크림을 먹는 거라고 했는데 아빠는 조금만 먹으라니. 이의 제기를 하려는 순간, 딸이 선제공격을 날린다.

"아빠 아 해봐 한입 먹여줄게."

그 순간 아빠 이성은 저세상으로 날아가고. 바보의 웃음이 장착된다.

"와그작!"

아몬드봉봉에 들어 있는 초콜릿 볼이 깨지는 소리다. 이렇게 맛있을 수가. 깜빡! 아빠는 잠시 정신을 잃는다. 마치 최면술사가 "레드 썬"을 외친 것처럼 부지불식간에, 그리고 다시 정신을 차렸는데 이럴 수가, 테이블은 아수라장이 됐다.

분노로 이성을 잃은 딸의 외침이 열쇠가 되어 기억 속 빗장을 열어젖힌다. 술술 풀려나오는 경악스러운 진실. 아빠가 정신을 잃었을 때 벌어진 일은 다음과 같았다. 아빠는 할당된 '아몬드봉봉'을 순식간에 먹어치우고 딸이 먹고 있던 '레인보우샤베트'를 한 입 떠먹었다. '레인보우샤베트'로 말할 것 같으면 딸이 가장 좋아하는 메뉴다. 그 영롱한 무지갯빛 하며 상큼한 과일 향까지. 딸의 최애 메뉴를 딸에게 허락도 구하지 않고서 아빠 좀비가 한 입 퍼먹은 것이다. 아빠의 만행은 여기서 끝나지 않았다. 아빠 좀비의 혀끝에 닿은 '레인보우샤베트'가 도파민을 폭발시킨 탓에, '아몬드봉봉'을 해치운 속도보다 정확하게 두 배 빠른 속도로 '레인보우샤베트'를 먹어치운 아빠. 딸은 지금까지 딱 한 숟갈 먹은 상태다. 마음이 급해진 딸. '슈팅스타'를 허겁지겁 먹기 시작한다. 뇌가 없는 아빠는 후폭풍을 고려하지 않은 채, '슈팅스타'의 살짝 열린 속살로 숟가락을 침투시키고 딸의 숟가락과 펜싱을 한다. 튕겨 나간 딸의 사브르

(Sabre). 결국, 아빠는 '슈팅스타'를 한 점도 남기지 않고 해치웠다.

모든 기억이 되살아난 아빠는 수습할 방법을 찾는다. 그러나 방법이 없다. 이미 딸의 마음속에서 아빠는 '식탐 괴물'로 낙인찍혔다. 다시 사줘야 하나. 생각해 보니 지갑을 두고 왔다. 아내에게 솔직히 자백하고 감경을 받아야 할까. 그래 봤자 지구 멸망에서 인류 멸망이 될 뿐이다. 한숨은 푹푹 나오고. 시간은 흐르고. 궁지에 몰린 아빠는 멍청한 결론에 이른다. 다시 태어나는 것만이 유일한 살길이라는. 그리하여 아빠는 지금 마흔 살 이상만 안다는 전설의 주문을 외운다.

"돈데기리기리 돈데돈데돈데 돈데크마아아안!"

과연 믿으면 이루어지나 보다. 신기하게도 손바닥 위에 차원의 문이 나타난다. 저기로 들어가면 먼 과거로 돌아가는 걸까. 그런데 갑자기 반대편 차원에서 엄마의 얼굴이 등장한다. 당황한 아빠는 검지 끝으로 빨간색 영상 통화 종료 버튼을 지그시 누른다. 헉. 나는 방금 나도 모르는 사이 미국 대통령이 소지한 핵가방을 빼앗아 빨간 단추를 누른 꼴이 됐다. 큰 실수를 저지른 아빠. 즉각 고뇌에 빠진다.

'그냥 가출할까?'

아빠 머리에 흘린 걸쭉한 무언가

딸이 애교 섞인 목소리로 부른다.

"아빠, 일로 와봐."

이른 아침, 딸이 다정하게 부르는 건 왠지 불안하다. 하지만 나는 본능적으로 딸 앞에 나선다.

"공주가 부르셔서 아빠 시종이 달려왔습니다."

웃으며 서서히 접근하는 딸. 하얀 티셔츠에 얼굴을 묻은 딸이 "아빠 냄새 좋아!"라며 고개를 도리도리 흔든다. 나는 좋아서 헤벌쭉 웃는다. 하지만 3초 후, 딸은 얼굴을 떼고 달아난다. 그것도 아빠를 향해 혀를 빼꼼 내밀면서. 불현듯 가슴에서 축축하고 따뜻한 감촉이 전해진다. 이럴 수가, 딸은 찐득하고 누런 무언가로 내 티셔츠를 캔버스 삼아 새로운 예술 작품을 완성했다.

"악! 이게 뭐야!"

딸바보라도 이건 참을 수 없다. 분노의 감정으로 이성을 잃은 나는 아내에게 딸의 만행을 보고한다. 아내는 상황을 냉정하게 분석한 후 선언한다.

"병원 가자!"

그렇게 딸의 병원행이 결정됐다. 지도자 동무는 말단 공무원인 나에게 지시한다.

"아이 준비 좀 시켜줘요."

수많은 맥락과 과정이 축약된 공포의 문장이다. 이 말에는 씻기고, 옷 입히고, 잘 구워삶아 병원에 도착할 때까지 난동부리지 않도록 하라는 무시무시한 의미가 담겨 있다. 머릿속에선 투덜이 요정이 날뛰지만, 아빠는 내색하지 않고 양손을 파리처럼 비비며 아내가 원하는 답을 순순히 내놓는다.

"늬예 늬예, 당연히 그래야죠."

출발하기 전 '똑닥' 앱으로 예약한다. 이럴 수가. 대기자가 80명이다. 우리는 병원 근처 식당에서 여유 있게 밥을 먹고, 진료를 보기로 한다. 그렇게 도착한 수제 김밥집. 키오스크로 주문한다. 아내는 라면, 나는 참치 김밥, 딸은 꼬마 김밥. 하필 돌발 상황이 생긴다. 예상보다 빠르게 줄어드는 진료 대기자. 그 와중에 또 다른 비상사태가 터진다.

"응가 마려워."

딸의 수줍은 속삭임. 아내와 나는 사색이 된다. 한번 시작된 머피의 법칙은 끝나지 않는다. 오늘따라 밖에서 응가하기 싫다며 보채는 딸. 결국, 자동차 뒷좌석에 있는 간이 변기를 이용해 대업을 치르기로 한다.

아내는 딸을 둘러업고 사라졌다. 시시각각 다가오는 진료 시간. 조급해진 나는 앞에 있는 김밥을 꾸역꾸역 먹어치운다. 딸이 김밥을 많이 남겼다. 그래서 다 먹는다. 아내의 라면도 절반이 남았다. 이것 또한 다 먹는다. 절대 배고파서가 아니다. 환경 오염을 막겠다는 숭고한 일념으로 주문한 음식을 깡그리 해치우고, 배를 두드리며 김밥집을 나선다. 저 멀리 다정해 보이는 모녀가 웃으며 걸어온다. 나와 눈이 마주친 아내. 묘한 표정으로 묻는다.

"아직 다 안 먹었는데 어디가? 아이가 배고프다고 난리야!"

결국, 이름 모를 골목에서 전쟁이 터지고야 만다. 딸은 배고프다고 난동을 부리고, 아내와 딸은 연합 작전을 펼친다. 두 강대국이 손을 잡았으므로, 아빠 약소국은 초토화된다. 그렇게 딸의 머리는 산발이 됐다. 한껏 올라간 바지 밑단, 짝짝이 신발, 콧물로 범벅이 된 얼굴, 뺨을 가로지르는 눈물 자국. 엄마는 어떠한가. 양손이 허리에 올라가 있다. 이마에 핏대가 서 있고 미간은 찌푸려진 상태다. 갈라진 목소리에서 뭔가 서늘한 기운이 피어오른다. 그렇다면 아빠는. 거울을 보니 뭐 별것 없다. 흐트러진 머리카락, 까칠한 수염, 그리고 눈 밑의 다크서클이 마치 쿵푸팬더를 떠올리게 했을 뿐.

잠시 가출했던 내 영혼은 병원에 흐르는 약품 냄새, 아이들의 간헐적 기침 소리, 진료실에서 흘러나오는 아이들의 비명을 듣고 비로소 돌아온다. 딸도 이제 걱정이 되나 보다. 난동을 멈추고 내 품에 대롱대롱 매달려 있다. 딸은 불안한지 연신 손가락을 꼼지락거리고 진료실에 안 들어가려고 온갖 핑계를 댄다.

"아빠, 나 기분이 안 좋아서 여기 있으면 안 될 것 같아."

옳거니. 나는 딸의 답변에서 논리적 모순을 발견하고 즉각 대응한다.

"그래서 우리가 병원에 온 거야. 의사 선생님께 진료받으면 기분이 좋아져."

마치 토론에서 승자가 된 기분. 우쭐대는 내 어조에 딸의 표정이 굳는다. 그렇다. 나는 내 앞에 있는 딸이 어떤 존재인지 잠시 망각했다. 이성으로 설득할 수 없는, 오로지 스스로 하고 싶어야 움직이는 다섯 살 아이라는 걸 잊어버린 결과는 처참했다. 딸은 생떼 그 이상의 영역을 나에게 보여준다. 한참을 그러더니 "아빠 미워!"를 외치고 아내 품으로 넘어가는 딸. 아내는 나를 한심하게 바라본다. 쿵푸팬더 아빠는 여전히 어리둥절한 상태다.

"딩동, 들어오세요."

호출과 함께 들려온 간호사의 나긋나긋한 목소리. 딸의 몸이 굳는다. 나는 딸의 긴장을 풀어준답시고 농담 따먹기를 해보지만 이성이 날아간 딸에게 남은 건 분노뿐. 내 품에서 몸부림을 치는 것으로 대응한다. 그러나 내가 누군가. 세상에서 가장 힘센 딸바보 아빠다. 딸이 온갖 곡예를 부리거나 말거나, 아빠는 차분하게 의사 선생님 앞에 앉는다. 비로소 잠잠해지는 딸. 선생님이 묻는다.

"어디가 아프니?"

선생님은 딸을 바라보며 말하고 있지만, 이건 어디까지나 보호자에게 묻는 말이다. 아빠는 즉각 딸로 빙의한 다음, 가녀린 목소리로 대답한다.

"콧물이 나고 기침을 해요."

선생님과 아빠의 놀라운 티키타카. 다음 단계는 입을 벌리는 거다. 편도가 부었는지 확인하는 중요한 단계. 그런데 딸의 입이 열리지 않는다. 어떤 감언이설로도 딸의 입은 요지부동. 딸기 맛 사탕이라는 최후의 수단을 썼지만 끝내 열 수 없었다. 결국, 청진기 진찰과 귓속만 확인하고 진료를 마친다. 아빠 속이 썩어 문드러지는 순간이다.

의사 선생님이 건네준 딸기 맛 사탕을 쪽쪽 빨며 위풍당당하게 복도를 걷는 딸. 괜스레 얄밉다. 그렇지만 오늘은 딸에게 잘못한 것이 많아서 꾹 참는다. 밖으로 나오자마자 목말 태워달라는 딸. 태워 주기 싫지만, 딸이 사탕을 물고, 볼을 빵빵하게 부풀린 채 팔을 벌려 애교를 부린다.

나는 의문을 품는다. 왜 항상 생각과 행동이 불일치할까. 내 몸은 조건반사적으로 딸의 지시에 순응한다. 부녀는 결국 합체 로봇이 되어 약국으로 걸어간다.

문득 이상한 감각이 포착된다. 머리 위로 뚝뚝 떨어지는 무언가. 날씨가 화창하니 빗물을 아닐 텐데 게다가 빗물치고는 약간 걸쭉하다. 머리 위에서 딸의 목소리가 들린다.

"아빠 미안해!"

아니야 딸아, 미안해하면 안 돼. 그런 말 하지 마. 아빠 무섭잖아. 무엇이 떨어진 걸까, 콧물? 아니면 사탕과 침의 혼합물? 으아, 생각도 하기 싫다. 그냥 뭐가 됐던 애정표현의 산물이라고 정신승리 하자. 끈적한 만큼 사랑의 농도가 진한 거겠지.

장소에 관한 실질적인 조언

신생아실에서 들었던 딸의 첫 '응애' 소리를 추억하자. 그것은 사랑의 또 다른 표현이다. 아이와 단둘이 여행을 한다면, 아내가 말하는 유의사항을 귀담아듣자. 키즈 카페와 워터파크에서 자유시간을 갖겠다는 생각은 버리자. 아이가 시키는 대로 하는 게 최선이다. 단, 뽑기방은 피하자. 지옥문이 열린다. 놀이공원에서는 아이가 모든 놀이기구를 탈 수 있도록 쉴 새 없이 움직이자. 폐장 시간에 맞춰 나오면 가장 좋다. 영화관은 영화를 보는 곳이 아니다. 아이 수발들기에 최선을 다하자. 아이스크림 가게는 안 가는 게 좋지만, 혹시 가게 된다면 지갑을 두고 가자. 아이에게 잠시 원망을 듣는 것이 아내에게 혼쭐나는 것보다 훨씬 낫다. 병원에서 받은 사탕은 집에 와서 먹이자. 입을 벌리지 않은 아이에게는 사탕을 안 주는 게 좋다.

2장

아빠의 척은 무죄인가 유죄인가?

전쟁이란 속임수의 도다. 그러므로 잘할 수 있는데도 못 하는 체하고, 병사를 사용해야 하는데도 사용하지 않을 것처럼 하며, 가까운 곳에서 싸워야 하는데도 먼 곳에서 싸우는 체한다.

—손자병법 계(計) 편—

속임수는 전략이다. 목표를 달성하기 위한 수단과 방법의 연계. 이 지점에서 속임수는 배제해야 할 무언가가 아니라, 적극적으로 이용해야 할 필수 요소이다. 육아에서도 마찬가지다.

목표는 분명하다. 딸과 함께하는 즐거운 시간을 길게 늘이기. 안타깝게도 딸의 욕구는 한계가 없는 반면, 아빠 체력과 기분은 유한하다. 그러므로 특별한 방법이 필요하다. 2장은 육아 장기전에 대비한 아빠의 '척' 이야기다.

놀아 주기 싫어서 자는 척

아침마다 심장이 쫄깃해진다. 언제 딸이 습격할지 모르기 때문이다. 딸은 나폴레옹의 환생일까. 아니면 제갈량의 후예일까. 그게 아니고서야 이토록 속수무책으로 당할 수는 없는 일이다. 딸은 언제나 목표를 달성한다. 목표는 간단하다. '눈뜨자마자 아빠 깨워서 함께 놀기.' 반면 아빠의 목표는 '딸을 최대한 늦게까지 재우기'다.

늦잠 자게 만들려고 온갖 방법을 동원했다. 하루 종일 놀아 주기도 하고 동화책 수십 권을 읽어 주기도 했으나 모조리 실패. 그럴수록 더 일찍 일어나서 미라클 모닝을 실천하는 게 아닌가. 엎친 데 덮친 격으로 기분이 안 좋은 상태로 일어나는 딸. 그제야 깨달았다. '딸을 늦게까지 재우기'란 비현실적인 목표라는 것을. 처음부터 목표가 아니라 상황에 집중했어야 했다.

지금은 그냥 받아들인다. 던져지는 상황에 맞게 행동을 취하는 게 현명한 전략이다. 딸이 일어나는 시간은 둘 중 하나다. 여섯 시, 아니면 여덟 시. 전자라면 아수라장, 후자라면 지상 낙원이 펼쳐진다. 다행히도 딸이 방에 들어오려는 조짐은 사전에 느낄 수 있다. 기지개 켜면서 자동으로 나오는 하품 소리. 쿵쿵대는 발걸음 소리. 방문의 문고리 돌아가는 소리. 이런 모든 청각 정보는 딸이 내게 오려는 신호이다. 조짐은 같다. 그러나 이게 몇 시냐에 따라 내 반응은 달라진다.

만약 딸이 여덟 시쯤 내 방에 들어온다면. 하인의 방에 친히 방문한 공주를 맞이하는 것처럼 최상의 예우를 갖춘다. 일단 표정 관리부터다. 밤새 딱딱해진 입꼬리를 귀에 걸고, 오늘도 눈부시게 아름답다고 감탄하면서, 딸의 눈에 대롱대롱 매달린 눈곱을 슬쩍 지운다. 이어서 침침해진 눈의 전구를 고성능 LED로 갈아 끼우고 딸의 얼굴에 쏜다. 물론 자동차 상향등을 쏘는 것처럼은 아니다. 자동차 상향

등은 눈을 감게 하지만, 내가 쏘는 LED는 아빠 사랑이 장착된 시력 보호용 빛이기에 해롭지 않다. 동시에 현란한 아부로 딸의 기분을 챙긴다. 라푼젤의 찰랑거리는 머리카락, 백설공주의 눈꽃 피부, 인어공주의 활력과 생기. 신데렐라의 하늘하늘 드레스까지. 눈에 보이는 건 죄다 딸이 좋아하는 공주에 빗대어 딸의 모습을 설명해준다. 입에 모터가 달렸나? 생각보다 말이 먼저 튀어나온다. 딸은 아무렇지도 않은 척, 살짝 콧방귀를 뀐 뒤. 아빠 침대에 다이빙한다. 얼굴을 묻은 베개 옆으로 함박웃음이 새어 나와 아빠의 마음에 고인다. 딸의 옆에 살짝 누운 다음 온갖 알랑방귀를 뀌는 내 모습이 조금 우습다. 아내와 연애할 때도 이러진 않았건만, 시시각각 변하는 딸의 표정을 분초 단위로 체감하며 나 또한 딸의 표정을 닮아간다.

그러나 여섯 시는 다르다. 새벽은 고요하므로 귀는 활짝 열려 있다. 미세한 소리도 극히 예민하게 반응할 수 있는 유일한 시간. 콧속을 드나드는 숨소리마저 느끼며, 나는 책을 읽는다. 순간 들려오는 발소리. 소리에도 지문이 있는 게 분명하다. 딸의 발걸음 소리임을 확신한 몸은 뇌가 의사결정을 하지 않았음에도 조건반사적으로 책상 등을 끄고 침대로 뛰어든다. 문고리 돌리는 소리가 천천히 들린다. 30도쯤 돌아갔을까. 이불을 얼굴까지 끌어올린다. 60도쯤 돌아갔을까. 몸을 웅크리고 숨을 죽인다. 90도까지 돌아갔다. 나는 동면에 들어간 곰처럼 꿈쩍도 하지 않는다. 철컥. 문이 열리면서 숨바꼭질이 시작된다. 딸은 술래다. 이불 때문에 보이지 않지만, 커튼 틈으로 새어 들어온 빛에 의지한 채 술래가 두리번거리는 모습이 그려진다. 아이의 나긋나긋한 숨소리, 재채기 소리. 그러다가 아빠를 부르는 소리가 슬그머니 귓속을 파고든다. 이때가 위기다. 여기에 반응하면 아침 계획은 날아간다. 앞으로 달려가 꽉 안아 주면서 "잘 잤어"라고 말하고 싶지만 그건 두 시간 뒤에 하는 게 가장 아름답다.

이럴 수가 딸이 침대 위로 기어 올라온다. 오감을 차단했지만, 온몸의 감각이 딸을 지향하고 있으므로 기척이 실시간으로 접수된다. 그래도 꾹 참는다. 술래가 잡을 때까지 잡힌 게 아니므로 나는 이미 감은 눈을 더욱 굳게 감는다. 식은땀이 심장 뛰는 속도에 맞춰 다시 데워진다. 맹수를 목격한 초식동물에게 흔히 나타나는 '경직'이 내 몸에 발생한다. 아드레날린이 분비되어 혈관에 흐르는 느낌이 생생하다. 이건 마치 천적의 눈을 피해 절묘하게 숨었을 때 느껴지는 쾌감, 바로 그것이다. 지금 나는 이불을 뒤집어쓴 채, 어떠한 움직임도 보이지 않고 있으므로. 딸은 분명 아빠가 아직 자고 있다고 생각할 거다. 얼마나 시간이 흘렀을까. 기척이 사라졌다. 불길하다. 태풍 직전의 고요. 혹시 아빠 곤히 자고 있는걸 보고, 더 자라며 문 닫고 나간 것일까. 아무튼 인간은 위기에 처하면 자기 유리한 대로 상황을 해석하기 마련이다.

한창 긍정적인 마음으로 머리를 굴리고 있는데 침대 한쪽이 출렁인다. 대체 뭘 하는 걸까. 의문이 한계에 다다른 순간, 침대의 스프링이 원상 복구되고, 1초 뒤 내 몸 위로 떨어지는 15kg짜리 육중한 엉덩이. '기브 앤 테이크'의 원리는 여기에도 적용된다. 무게를 받고 소리를 내뱉는 방식으로 무게가 늘어나면 소리도 커진다. 딸의 몸무게는 15kg이지만, 침대 스프링의 반동이 더해져서 하늘 위로 날아올랐고 지면과 딸의 엉덩이 사이 거리가 증가하였으므로 위치에너지는 최대가 된다. 위치에너지는 고스란히 운동에너지로 전환되고, 그 에너지가 아빠의 배에 고스란히 전달되고야 만다. 그 순간, 아빠의 입에서는 미증유의 소리가 탄생한다. "키에엑" 생각해 보니 이건 아주 먼 옛날 멸종한 익룡 소리다.

배를 움켜쥐고 마른기침을 내뱉으며 딸을 본다. 세상을 정복한 영웅의 표정이다. 속으로 생각한다. 우리 딸은 분명 공주였는데 언제부터 영웅으로 바뀐 걸까. 의미 없는 질문이다. 딸은 숨어 있던 아빠 괴물에게 엉덩방아 공격을 가한 뒤 아빠의 손을 잡는다. 어떤 의미일까. 화해의 손길? 아니면 걱정하는 마음? 모조리 틀렸다. 딸은 포로를 잡았다는 표정으로 아빠 손을 끌어당겨 거실로 나간다. 나는 죄인이 된 채 거실로 끌려나가 어제 못다 한 소꿉놀이를 한다. 아수라장이 된 거실 혹은 마음. 그러나 괜찮다, 딸의 입꼬리가 호선을 그리며 찬란하게 피어났으므로. 마치 진창에 피어난 연꽃처럼 경이롭다. 꽃이 속삭인다.

"아빠, 아침부터 나랑 노니까 행복하지?"

비몽사몽인 나는 꿈과 현실의 경계에서 느릿하게 고개

를 끄덕이며 말한다. 당연히 행복하다고. 꿈속에서도, 꿈 밖에서도. 그게 어디든. 너와 함께라면.

딴짓하면서 최선을 다해 노는 척

정신을 바짝 차려야 한다. 딸이 아빠의 딴생각을 눈치채지 못하도록. 몸은 놀이방에서 딸이 차려준 플라스틱 케이크를 먹지만, 마음속은 유튜브에서 본 뮤직비디오로 가득하다. 존재가 둘로 나뉘다니, 정말 놀랍다. 유체이탈인가. 몸은 묶여 있고, 마음은 허공을 떠돈다. 이 정도면 거의 초능력이다. 이 비밀은 꼭 지켜야 한다. 딸이 아빠가 딴생각하는 걸 눈치채면 곧장 아내에게 일러바칠 게 뻔하니까. 그러면 무시무시한 재앙이 펼쳐진다.

재앙은 독재자가 등장하면서 시작된다. 아내는 예고 없이 놀이방에 들이닥쳐 게으른 아빠를 단속한다. 딸은 격앙된 몸짓과 과격한 발언으로 아빠의 무관심을 토로하며, 그동안 겪었던 설움을 쏟아낸다. 아내의 화가 한계에 다다른다. 그리고 쾅! 하며 폭발. 상상하기도 싫다. 내가 이 장면을 세세히 설명할 수 있는 건, 이미 몇 번 경험했기 때문이다. 마치 지구에 있었던 다섯 번의 대멸종 사태와 같았달까. 가장 최근의 대멸종은 약 6,500만 년 전, 백악기 말의 대멸종이었더랬지. 우리 집에도 그와 비슷한 몇 번의 대멸종이 있었다. 아빠 사피엔스만 멸종했다는 게 함정이지만.

딸과 노는 일. 물론 아빠로서 행복하다. 하지만 놀아 주는 시간 내내 행복하지는 않다. 꽤 자주 지루함이 찾아온다. 어쩌겠나. 아빠도 사람인걸. 그래서 행복은 '지속적'이라기보다는 '일시적'이란 생각을 해 본다. 물론 아침에 눈 떠서 딸에게 뽀뽀하고 손잡고 놀이방에 입장할 때까진 좋다. 딸이 플라스틱 바나나와 딸기를 앙증맞은 손으로 만지작거리고, 모형 주방에서 스테인리스 스틸 냄비에 뭘 넣어서 지지고 볶는다. 초반에는 신기하게 보았으나 그게 계속 반복되니 아빠에겐 죽을 맛으로 변하기 시작한다. 자연스레 휴대전화로 손이 가고. 왼쪽 눈은 휴대전화 속 사진을 보면서 오른쪽 눈은 딸의 행동을 관찰한다. 어, 이게 가능하다니. 나는 사시였나? 그 순간 들려오는 딸의 질문. 답변 타이밍을 놓치면 재앙이 벌어진다. 다행히 나는 이런 사태를 예상했고, 미리 대책을 준비해 놓았다. 그것은 질문에 질문으로 답하기 전략. 예를 들어 딸이 "아빠, 이 케이크 못생겼어!"라고 말한다면 아빠는 "아! 이 케이크 못생겼구나!"라고 대답하는 거다. 그러면 잠시 대답을 준비할 시간이 확보된다. 1초간 생각한 다음 "정말 못생겼네!"라고 답해 주면 오케이. 딸은 만족하며 미소짓고 나는 속으로 작전 성공을 외친다. 살짝 꼼수 같기도 하지만, 이건 엄연히 생존전략이다. 손자병법에도 나오듯이, 전쟁은 속임수다. 나는 이렇게 자신을 세뇌한 뒤, 딸과 두뇌게임을 벌인다.

그날도 크게 다를 바 없었다. 나는 정신을 꼭 부여잡고 딸의 주방에서 손님 역할을 맡아 성실히 연기에 임하고 있었다. 딸과 아빠의 티키타카가 너무나 성공적으로 이루어지고 있는 상황. 일이 순조롭게 풀려가다 보니 내 마음에 녹이 슬기 시작했다. 조금씩 삐걱대다가 손가락으로 어떤 웃긴 영상을 본 순간, 웃음을 내뱉고야 말았다. 그거 아는가. 웃음을 참기 위해 입을 꾹 닫고 있다가 웃게 되면 어떤 일이 벌어지는지. 침이 전방 2m까지 발사되고 압축된 소리는 입안에서 커지다가 터져나간다. 어마어마한 웃음폭탄이 터지고 거실에서 소파에 앉아 TV를 보던 아내가 무슨 상황인지 묻는다. 나는 "어 아무 일도 아니야"라고 둘러대고, 아내는 다행히 그 말을 믿는 듯 놀이방에 들어오지 않는다. 그러나 딸의 얼굴은 딱딱하게 굳었다. 터져 나온 웃음을 막지 못한 채 끽끽거리는 아빠라니. 이 상황을 어떻게 모면해야 할까.

딸이 묻는다.
"아빠 뭐했어?"
아빠는 답한다.
"그냥 재채기한 거야."

그 순간 티키타카에 브레이크가 걸린다. 나는 휴대전화 화면을 끄지 않았다. 뭐를 잘못 눌렀는지 갑자기 영상이 재생되고 소리가 등장한다. 이 순간 이유를 찾는 건 의미 없다. 태연하게 수습해야 한다. 그러므로 나는 전혀 당황하지 않은 척. 차분하게 휴대전화를 앞으로 내밀며 톡톡 두드린다.

"어 이게 왜 이러지? 망가졌나?"

이때 중요한 것은 빨리 다른 상황으로 전환 시켜야 한

다는 점이다. 가장 좋은 방법은 딸의 외모를 칭찬한다거나, 딸이 만든 뭔가를 칭찬하는 것이다. 갑자기 외모를 칭찬하는 건 뜬금없으므로, 딸이 만든 음식을 칭찬하기로 한다.

"우와 접시 위에 올린 케이크와 딸기, 바나나가 너무 예쁜데? 진짜 카페에서 팔아도 될 것 같아."

솔직히 예쁜지 예쁘지 않은지 잘 모르겠다. 미적 감각이 떨어지는 아빠는, 딸이 만들어 놓은 것이라면 무조건 멋지게 보인다. 딸이 나중에 진실을 알게 돼도 무조건 우길 셈이다. 너는 예술가였고, 지금도 예술가라고. 어쨌든 지금 이 순간, 다섯 살 딸의 표정은 급격하게 밝아진다. 아빠에게 이걸 어떻게 만들었는지, 토핑을 어떻게 구성했는지 재잘댄다. 나는 속으로 쾌재를 부르고, 일단 열심히 듣는다. 이 순간만큼은 딴짓할 수가 없다. 10분 정도는 다시 카페 손님으로 빙의하여 철저하게 연기를 해야 하는 상황. 아내와 연애할 때도 이런 기분이었더랬지. 아내를 닮은 수다쟁이 딸의 열변. 계속 듣다 보니 귓속에 뭔가가 흐른다. 설마 피는 아니겠지. 피든 땀이든 상관없다. 밖으로 흘러나오지 않았으므로 별일 아니다. 어쨌든 난감한 상황은 잘 수습됐다.

그렇게 십 분 정도 놀았을까. 갑자기 뒷골이 서늘해진다. 휴대전화가 아직 꺼지지 않았나 보다. 이 순간 휴대전화 속 영상이 다시 켜지면 나는 끝장이다. 딸과 재밌게 대화 중이라 고개를 돌릴 수 없어서 슬쩍 손만 뒤로 뻗는다. 더듬더듬. 전화기를 찾는 손놀림이 애처롭다. 정성이 하늘에 닿았을까. 손끝에 무언가 만져진다. 그런데 왜 이렇게 부드럽지. 누구 발 같은데. 우리 집에 나랑 딸 말고 누가 있었더라. 어느덧 추론의 끝에 다다른 나는 화들짝 놀라 뒤를 바라본다. 그곳에는 어떤 독재자가 쌍심지를 켠 채, 켜져 있는 내 휴대전화 화면을 노려보고 있다. 이윽고 우리 집 놀이방으로 운석이 떨어진다. 여섯 번째 대멸종은 이렇게 시작됐다.

떼쓰는 아이를 보고도 모른 척

발걸음이 무겁다. 껌이 붙은 것도, 눅진한 아스팔트를 걷는 것도 아니다. 이건 차라리 하체 근육을 키우겠다고 모래주머니를 찼던 때와 비슷한 느낌이다. 어디선가 소리가 들린다. 한여름 골목에서 들리던 매미 소리 같다.

"매앰, 맴."

신경을 긁으면서도 묘하게 마음이 차분해지는 소리다. 잠시 눈을 감고 감상한다. 내가 소유한 다섯 가지 감각 중에서 지금 활성화된 것은 청각 단 하나이므로 청각은 극도로 예민해진다. 자세히 들으니 "매앰"이 아니라 "애앵"이다. 눈을 떠 내려다보니, 무릎과 발목 사이에 매미처럼 매달린 딸이 보인다.

모른 척하고 싶었다. 왜 이런 상황까지 왔는지 생각하

기 싫어서 눈을 감고 있었던 건데, 눈을 뜨는 순간 모든 것이 물거품이 됐다. 다시 살아나는 기억. 영상은 뒤로 되감겨 처음으로 돌아간다. 시작은 애틋했다. 어린이집 앞에서 벨을 누르고 딸이 "아빠!"라고 외치며 달려 나온다. 쿵쾅쿵쾅. 어린이집 복도를 울리는 딸의 웅장한 발걸음에 따라 아빠의 심장도 바운쓰 바운쓰. 즉각 이과의 두뇌를 장착한다. 딸의 질량은 15kg이고, 지금 속력은 100m를 25초에 달리는 정도이니 4m/s이다. 운동에너지 J(줄)의 공식은 $\frac{1}{2}$×질량×속력의 제곱이므로, 저기 달려오는 딸의 운동에너지는 120J이다. 아빠는 어린이집 현관 발판에 무릎을 구부리고, 딸의 충돌을 상쇄시키기 위해 허리를 살짝 숙이면서, 오른발을 뒤로 20cm 뺀다. 준비 완료.

이윽고 태양과 지구가 부드럽게 충돌한다. 지구는 태양을 껴안아 공중으로 들어 올리고 뽀뽀한다.

"아얏! 아빠 수염 따가워!"

딸은 자지러지며 고개를 돌리지만, 그 모습조차 귀여웠던 아빠는 다시 한번 뽀뽀 공격을 가한다. 몸을 꽈배기처럼 비비 꼬며 놀이터에 가자는 딸. 심장에 무리가 간 아빠는 그저 고개를 끄덕일 수밖에 없다. 지금은 오후 다섯 시. 딱 한 시간만 알차게 놀고 집에 가서 아내에게 생색 좀 내볼까나.

놀이터에서의 한 시간은, 버라이어티에 스펙터클로 요약된다. 어떤 일이 벌어질지 모르기 때문에 더욱 쫄깃하다. 그냥 흘러가는 대로, 상황이 발생하는 대로 조치하는 소방수. 그게 지금의 나다. 불을 끄고 인명을 구하는 데 최선을 다하는 소방수처럼, 아빠는 전력을 다해 딸이 탄 그네를 민다. 괴성을 지르며 깔깔 웃는 딸. 주변 엄마들은 경악한다. 큼큼. 딸이 강하게 자라길 바라는 나는, 주위의 우려 섞인 시선에 굴하지 않고 더욱 세게 민다. 사자는 자신의 새끼를 절벽에서 밀어 떨어뜨리는 법이므로 백수의 왕이 되려면 상처를 두려워해선 안 된다. 다음은 시소. 딸은 이것도 격하게 타고 싶어 한다. 시소란 모름지기 엉덩이가 의자에 붙어 있으면 안 되는 법. 딸의 반대편에 아무도 없지만, 아빠는 딸의 손잡이를 잡고 격하게 흔든다. 딸의 엉덩이가 의자에서 20cm 떴다가 떨어진다. 딸은 자지러지게 웃고. 아빠도 깔깔 웃는다.

놀이터에서 지지고 볶다 보니 어느덧 여섯 시가 됐다. 아빠는 목소리를 깔고 근엄하게 말한다.

"이제 집에 가자."

분명히 아파트 단지가 울릴 정도로 말했건만, 딸은 못 들은 척 친구와 함께 뛰어다닌다. 한숨을 내쉬며 딸이 있는 쪽으로 다가갔는데 딸은 다시 술래잡기하는 줄 알고 도망간다. 사실 잘 모르겠다. 집에 가기 싫어서 도망가는 것인지, 아니면 아빠가 놀아 주는 줄 알고 도망가는 것인지. 어쨌든 딸은 친구와 손을 잡고 숲속으로 들어가더니, 풀밭에 기어 다니는 개미를 관찰한다. 그래, 이렇게라도 흙 좀 밟고, 곤충도 관찰하며 크는 거지. 나는 대범한 척을 하며 잠깐 벤치에 앉는다. 여섯 시 십 분이 되자 아내에게 전화가 온다.

"저녁 해놨는데 왜 이렇게 안 오는 거야."

아내의 재촉을 듣자 마음이 바빠진다. 나는 다시 한번 딸에게 가자고 말하지만, 딸은 계속 못 들은 척한다.

비상사태다. 전화기 속 아내의 목소리로 추정해보건대, 이십 분 내로 집에 도착하지 않으면 사달이 날 것 같다. 별

수 없다. 특별 대책을 실행에 옮기는 수밖에.

"아빠는 그냥 갈게. 여기서 계속 놀아. 아빠는 모른다."

이렇게 마음에도 없는 말을 던지고, 뒤돌아서 주차장으로 걸어간다. 그러자 딸이 외친다.

"안돼. 가지마!"

느닷없이 고래고래 소리를 지르며 달려오는 딸. 아빠는 멈추고 싶지만, 눈물을 머금고 계속 걷는다. 갑자기 무거워진 발. 아래를 내려다보니 딸이 대롱대롱 매달려 있다. 눈물범벅이 된 채 제발 가지 말라고, 더 놀다 가자고 울부짖는 딸. 이 순간 '아리랑' 가사가 떠오르는 건 왜일까. '나를 버리고 가시는 님은, 십 리도 못가서 발병 난다.' 이러면서 아빠의 바짓가랑이를 부여잡고 있는 것 같다. 하지만 딸아, 여기서 우리 집까지는 십 리가 안 된단다. 그러니 가야지. 아빠는 무거워진 발을 그대로 끌고 차까지 간다.

이제 차에 태워야 한다. 어르고 달래고, 아무리 애를 써도 발에서 떨어지지 않는 딸. 어쩔 수 없이 비장의 무기를 쓴다.

"카시트에 잘 타면 아빠가 무지개색 지렁이 젤리 줄게.

근데 이거 엄마한테 비밀이다. 원래 밥 먹기 전에 이런 거 먹으면 안 되는 거 알지. 그러니까 비밀 지켜야 해!"

이 소릴 듣자마자 딸이 울음을 뚝 그치며 말한다.

"응. 엄마한테 절대 이야기 안 할게. 아빠 고마워 그리고 사랑해."

하하하, 성공이다. 나는 의기양양하게 딸을 데리고 집에 들어간다. 헤벌쭉한 내 표정이 수상쩍었나 보다. 아내가 묻는다.

"뭐야. 좋은 일 있어?"

젤리를 먹였다는 사실은 무덤까지 가져가야 하므로, 나는 시치미를 뚝 뗀다.

"아니, 그냥 우리 딸이 친구들이랑 잘 놀아서 그렇지."

아내가 그러냐고 하며 몸을 돌린다. 오케이 안 걸렸다. 안도의 한숨을 내쉬는 찰나. 뒤에서 들려오는 딸의 목소리.

"엄마! 아빠가 나 젤리 먹였어!"

나는 사색이 되어 뒤를 돌아본다. 그러자 딸이 하는 말.

"메롱, 난 엄마 부하야!"

그날 밤. 지구가 멸망했다.

눈에 흙이 들어가도 결혼은 안 되는 척

딸이 사윗감을 데리고 와서 말한다. '아빠, 나 얘네랑 결혼할래!' 딸의 말에 혈압이 급상승한다. 다행히 혈관이 튼튼해 폭발은 피했다. 얼굴만 빨개졌을 뿐이다. 딸은 겨우 다섯 살. 그런데 남자아이 두 명과 결혼하겠단다. 나는 '안돼!'라고 외쳤고, 놀이터 엄마들은 웃음을 터뜨렸으며, 꼬마들은 줄행랑쳤다. 순간, '내가 너무 보수적인 아빠인가?'라는 생각이 스쳤다.

딸이 태어났을 때 다짐했다. '우리 딸은 내가 지켜야 해!' 세상에는 못된 남자들이 너무 많다. 철들기 전 남자애들은…… 하, 그냥 한숨이 절로 나온다. 특히 이성 관계에서는, 좋은 말이 안 나온다. 내 딸이 그런 환경에 노출될 걸 생각하니 벌써 짜증이 올라온다. 나도 안다. 산전수전을 겪어야 성장하는 법이라는 걸. 상처가 나야 새 살이 돋고, 더욱 강해진다는 걸 분명 머리론 알지만 정작 내 딸을 거기에 대입하려고 보니 잘 안된다. 부정적인 경험을 안 시키거나 한없이 미루고 싶은 마음이다.

그래서 딸이 어린이집 친구랑 결혼한다고 처음으로 말했을 때, 울화가 치밀었다. 아빠가 너를 어떻게 키웠는데. 이제 쫑알쫑알 말하기 시작한 다섯 살짜리가 결혼이라니, 빈말이라도 용납이 안 된다. 대체 누굴까. 어떤 어린이가 우리 딸의 마음을 훔쳐갔지. 아빠는 이성을 잃고 탐정이 되어 어린이집 친구들을 조사하기 시작한다. 어린이집은 천사반(0세), 사랑반(1세), 기쁨반(2세). 슬기반(3~5세)으로 나뉜다. 딸은 슬기반이다. 기쁨반 이하는 말도 제대로 못 하는 동생들이니 배제하고. 슬기반을 집중적으로 알아본다. 인원은 총 7명, 그중 남자는 2명이다. 이 두 명 중 한 명이렷다. 대충 서류 조사를 마친 아빠는 어린이집이 끝나고 놀이터에서 뛰어놀 때 그 두 명의 사윗감, 아니 말이 헛나왔다. 도둑을 확인하기로 한다.

하원 시간. 아빠는 매의 눈을 장착한 채, 어린이집 벨을 누른다. 아빠의 목소리를 듣자마자 딸이 부리나케 뛰어오고, 아빠는 팔을 벌려 껴안을 준비를 한다. 쓱 바람처럼 아빠를 지나가는 딸. 놀이터로 전력 질주한다. 아빠는 인상을 팩 쓰고 탐정으로 빙의한 채 살금살금 따라간다. 미행의 미덕은 대상자가 모르게 하는 일. 아빠는 나무 아래 벤치에 몸을 숨기고 슬쩍 미끄럼틀을 바라본다. 딸이 남자애 둘과 쑥덕쑥덕 음모를 꾸미는 중이다. 저 아이들이 딸의 마음을 훔쳐 간 도둑들인가. 아빠는 그들의 행동거지 하나하나를 뜯어 본다.

몸은 튼튼해 보인다. 말투도 귀엽고. 그리고 얼굴은…… 이럴 수가 한 명은 '차은우'를 닮았고, 다른 한 명은 '류선재'를 닮았다. 뭐지, 아빠는 정신적 공황에 빠진다. 조그마한 어린이집에 동갑인 남자애 둘이 있는데, 둘 다 저렇게 잘생겼다고? 아빠는 위기감이 들어 미끄럼틀로 다가간다. 가까이서 보니 더욱 기가 막힌다. 은우는 남자답게 생겼는데 붙임성이 좋고, 선재는 귀여우면서 나긋나긋하다. 지금 누군가 우리의 모습을 보면 아역 배우 셋이 보일 거고, 그

옆에서 얼쩡대는 오징어 한 마리가 보일 거다. 오징어가 누구냐고? 왜들 이러시나 다들 아시면서.

사람의 본성은 극한 상황에서 드러나는 법이다. 아이들도 마찬가지. 아빠는 두 사윗감, 아니 자꾸 말이 헛나온다. 큼큼, 도둑들의 성품을 확인하기 위해 괴물로 돌변한다. 딸이 소리친다.

"괴물이다, 다들 도망가!"

그렇지. 딸과 괴물 놀이를 하도 많이 했더니 척하면 딱이다. 정확하게 내가 원했던 말을 해 주는 우리 예쁜 딸. 딸의 말과 함께 도둑들은 사방으로 흩어진다. 일단 은우를 따라가 본다. 슬쩍 잡고 간지럼을 태웠을 때 반응을 보려고 했건만 이게 웬걸? 달리기를 너무 잘한다. 어른들이 지나가지 못하는 봉 사이로 요리조리 피하더니 괴물을 따돌려버렸다. 아빠 괴물은 지쳐서 잠시 허리를 숙이고 생각한다. '음, 은우는 체력이 괜찮구먼.'

이제 선재를 따라가 본다. 하도 달려서 지쳤기 때문에, 이번에는 희생정신을 테스트해 본다. 아빠는 일부러 딸을 붙잡아 괴롭히는 척을 한다. 딸은 연신 '얼음 파워'와 '불 파워'를 외치며 입으로 아빠를 공격하지만, 아빠는 풀어 주지 않고 이렇게 소리친다.

"괴물이 공주를 붙잡았다. 아무도 구하러 오지 않겠지. 음 하하하!"

조금 떡밥을 풀어야 하므로, 부끄럽지만 아파트가 울릴 정도로 큰소리로 외친다.

너무 크게 소리를 질렀나. 선재가 "괴물 때려잡자!"라고 외치며 쏜살같이 뛰어오는 것까진 좋았으나, 저 멀리 도망갔던 은우도 달려오고, 놀이터에서 놀고 있던 다섯 살 이하 어린이 수십 명이, 자전거와 소방차, 경찰차를 발로 밀며 나에게 달려오는 것 아닌가. 헉, 대여섯 명 정도는 치명적인 물총을 들고 뛰어온다. 위기 상황이다. 그러나 선재가 딸을 구하는 장면까지는 진행해야 한다. 나는 가장 먼저 도착한 선재와 살짝 투덕거린다. 뭐 일방적으로 얻어맞는 거긴 하지만 아빠가 당하고 있는데, 딸의 눈이 반짝이더니 선재와 함께 아빠를 공격한다. 이럴 수가, 딸이 아빠 편을 안 들어 주다니. 그 정도로 선재에 대한 감정이 깊은 것일까. 아빠는 분노에 찬 나머지, 선재를 업고 튄다.

멀리 가진 못했다. 아빠의 체력은 이미 빠질 대로 빠졌으므로 17kg 남자아이 한 명을 업고 오래 달릴 수가 없다. 100m도 못 가서 붙잡힌 괴물. 딸과 선재 구조대는 괴물에게 온갖 간지러운 공격을 가한다. 너무 심해지는 듯하여 협상을 시도한다. 나는 주머니에서 아몬드 초코볼과 멘토스, 지렁이 젤리를 꺼내 딸에게 건네준다. 이 광경을 본 모든 아이가 얼어붙고. 기고만장해진 아빠는 딸에게 말한다.

"더우니까 저기 나무 밑으로 가서 친구들이랑 나눠 먹으렴."

이로써 선재 구조대는 해산한다.

야호! 성공이다. 아이들은 나무 그늘에 옹기종기 모여서 내가 준 간식을 먹고 있다. 딸의 왼쪽에는 은우, 오른쪽에는 선재가 있다. 활짝 웃는 셋의 표정이 너무 예쁘다. 어. 이러면 안 되는데, 저 도둑들한테 호감이 생기면 안 되는데. 저놈들이 생각보다 훨씬 괜찮다. 아니 괜찮으면 안 된다. 이거 내 머릿속에서 전쟁이 터졌다. 한쪽은 '된다' 다른 한쪽은 '안된다' 갑자기 등장한 진자 운동에 현기증이 난다. 아빠가 그러거나 말거나, 저기서 남자친구들과 노닥거리는 딸의 모습이 얄밉다. 괜한 질투심에 사로잡힌 아빠는 도둑들에게 눈빛 레이저를 쏜다. 순간 셋의 시선이 나를 향하고. 셋이 정답게 손을 잡은 채 내 앞으로 달려온다. 딸이 선언한다.

"아빠 나 얘네랑 결혼할래!"

온몸에 보수주의의 피가 흐르는 아빠는, 꼰대로 변신하여 급발진한다.

"안돼(아직은), 안 된다고(일처다부제는)!"

대충 등원시키면서 치밀한 척

딸을 키우며 깨닫는다. 세상에서 가장 힘든 일은 매 순간 최신화되고 있음을. '이것보다 힘든 일은 없겠지?'라고 살짝 방심하면, 딸이 말풍선처럼 나타나 아빠 옆구리를 찌른다. '애걔, 겨우 이 정도로?' 딸은 매번 아빠 감정의 틈을 비집고 들어와 무자비하게 영역을 확장한다. 마치 세계를 정복하던 알렉산더 대왕처럼.

힘든 일의 종류는 다양하다. 밥 먹이는 일, 놀아 주는 일, 책 읽어 주는 일. 어떤 것은 일시적이고, 어떤 것은 지속성을 띤다. 지속성을 띠는 일 중에 매번 수위를 차지하는 일은 다름 아닌 '등원'이다. 이것은 종합 예술이다. 각각의 상황을 일정 수준 이상으로 잘 해내야만 '등원'이라는 값진 결과를 얻을 수 있다. 생각해 보면 '고시(考試)'를 닮았다. 과목별 커트라인이 있고. 그걸 모두 달성한 사람 중에서 상대 평가로 합격자를 가리는 어려운 시험. 우리 집 '등원 고시'는 다섯 과목으로 구성된다. 일어나기, 밥 먹기, 씻고 양치하기, 옷 입기, 어린이집 들어가기. 과목 진행은 대부분 순서대로 이루어진다. 하나라도 스텝이 꼬이면 망하는 거다. 그러므로 집중해야 한다. 첫 과목부터 어긋나지 않도록.

딸이 일어날 시간. 아빠는 긴장한다. 꼼지락거리는 몸. 슬며시 올라가는 눈꺼풀. 반짝. 딸이 1초간 내 눈을 바라본다. 중요한 순간이다. 첫 기분이 좋아야 '등원'이 가능하다. 눈꼬리에 살짝 맺힌 눈곱과 뺨에 새겨진 이불 자국을 보며 아빠는 격앙된 목소리로 말한다.

"공주님 잘 잤어? 좋은 아침이네. 오늘 너무 예뻐서 아빠가 눈이 부신걸?"

딸은 무심한 척 말한다.

"나 화장실."

아빠는 그 이야기를 듣자마자, 딸의 겨드랑이에 양손을 넣고 꼭 끌어안은 뒤 화장실로 달려간다. 시작이 좋다. '일어나기' 과목은 무난하게 합격!

아내가 식탁에 매생잇국을 차려놨다. 앙증맞은 스테인리스 식판에 담긴 먹음직스러운 국과 달걀말이, 멸치, 쌀밥, 식탁보에 올려진 뽀로로 숟가락과 티니핑 젓가락. 아이 밥상을 보고 아빠 뱃속이 난리를 친다. 이런 몹쓸 위장들. 아빠는 위장이 반란을 일으킬세라. 서둘러 딸에게 말한다. "밥 먹자." 딸은 "싫어!"라고 외치고, 내 아이폰의 시리는 "네"라고 대답한다. 엥? 아빠는 순간 혼동이 온다. 내 딸이 시리였나. 첫 번째 위기가 닥쳤다. 나는 전략을 바꿔서 다시 말한다.

"아빠 괴물이 밥을 다 먹어치우려고 하네?"

딸이 기가 막힌 듯 몸을 일으켜 세운다. 이때 쐐기를 박아야 한다.

"아빠 괴물이랑 문제 맞히기 놀이하면서 밥 먹을까?"

드디어 떨어지는 허락.

"좋아!"

살짝 자괴감이 든다. 아니 밥 먹는 걸 이렇게 부탁하면서까지 해야 하는 건가? 그때 느껴지는 싸늘한 아내의 시선. 어쩐지 아내의 꾹 다문 입속에 맴도는 말이 느껴진다. '아빠야 무조건 다 먹여라' 갑자기 아빠의 뇌에 경종이 울리고, 기합이 들어간 아빠는 열심히 문제를 낸다. 정답을 모조리 맞힌 딸. 상품으로 준비된 밥을 한 숟가락씩 먹는다. 휴우. 조금 어려웠지만 '밥 먹기' 과목도 합격!

다음 과목은 고난도다. 이건 육체의 힘이 필요하다. 일단 거실에서 목과 허리 돌리기를 하고. 딸에게 건넬 말을 신중히 고른다. '씻자'라는 말은 안 통한다. 오늘은 이렇게 말하기로 한다.

"우리 기린놀이 할까? 아빠는 몸통, 너는 기린 머리야."

딸은 까르륵대며 아빠 몸을 타고 오른다. 아빠 반바지엔 주머니가 있는데, 그걸 밟고 올라가다 보니 바지는 내려가기 일쑤다. 가끔 속옷과 맨살 사이로 발을 걸칠 때가 있는데, 그럴 때면 대참사가 벌어진다.

아빠는 애써 고개를 흔들어 흑역사를 털어낸다. 시간이 없다. 아빠는 분위기를 살피다가 한마디 툭 던진다.

"아이고, 기린이 너무 놀아서 얼굴이 더러워졌네. 씻으러 가야겠다."

여기서 중요한 사항은 종결어미다. '갈까?'가 아닌 '가야겠다'란 말을 던져야 하는 거다. 그리고 바로 움직인다. 기린 목(딸)은 이상한 점을 느끼지 못한 채 기린 몸통(아빠)과 함께 이동한다. 이제 아빠는 엄마를 부른다.

"엄마, 기린 세수랑 양치 좀 시켜줘요."

아빠는 경건하게 세면대에 쪼그려 앉아 고개 숙여 아침 기도를 시작한다. 세면대와 딸의 높이는 최적화되고 아내는 만족한 표정으로 딸과 시시덕거리며 세수와 양치를 한다. 예상했던 대로 어려웠지만, '씻고 양치하기' 과목도 합격!

아내가 옷장에서 옷을 고른다. 패션 감각 꽝인 아빠가 도저히 범접할 수 없는 영역이다. 오늘은 체육 수업이 있는 날이라서, 활동하기 좋고 예쁜 옷을 꺼내온 아내. 딸에게 입히려고 시도하나 실패한다. 막무가내로 치마를 입겠다는 딸. 폭발 직전인 아내는 비상대기 중인 아빠를 호출한다. 1초도 안 되어 현장에 도착한 분쟁 조정 전문가 아빠는 다음과 같이 말한다.

"오늘 아빠 괴물이 어린이집 쫓아갈 텐데, 치마 입으면 못 도망치겠네?"

망언을 들은 딸은 급발진한다. 아빠 괴물을 무찌르겠다

며 아내에게 바지 달라고 하는 딸. 옷장 너머 아내의 흐뭇한 미소가 보인다. 난관이 있었지만 '옷 입기' 과목도 합격!

대망의 어린이집 들어가기. 이 과목의 특징은, 어린이집 내부 상황에 맞게 능수능란한 전술을 펼쳐야 한다는 점이다. 그중에 제일은 '연극'이다. 경험상 가장 효과적인 캐릭터 설정은 아빠가 괴물이 되고, 딸과 어린이집 친구들이 공주 혹은 왕자 기사가 되는 거다. 절차는 이렇다. 먼저 어린이집 앞에서 벨을 누른다. 선생님이 오시고, 문이 열린다. 간혹 뒤도 안 돌아보고 들어가기도 하지만, 대부분은 아빠 허벅지를 끌어안고 안 들어가려고 하므로, 그런 조짐이 보이면 공연이 시작된다.

"크앙!"

아빠가 괴물로 변신하는 소리다. 양손은 머리 위로 들어 올려지고 손목은 꺾인다. 그리고 조금 우습지만, 캐릭터 설정을 스스로 외쳐줘야 한다.

"아빠는 괴물이다."

더 우스운 일은 아이들의 캐릭터 설정과 스토리도 외쳐줘야 한다는 점이다.

"공주와 왕자 기사들이 '얼음 파워'와 '불 파워'를 쏘며 도망간다. 크앙!"

이것이야말로 절대 실패할 수 없는, 천하무적 레퍼토리다.

어린이집에 있던 모두가 까르륵대며 달아나고, 선생님도 그저 웃는다. 어느새 우르르 교실로 들어간 아이들. 복도에 정적이 내려앉는다. 나는 다시 정상으로 돌아와 품격 있게 선생님께 인사드리고, 우아하게 몸을 돌려 나온다. 미친 사람처럼 보일 수 있다는 생각은 신문지처럼 구겨 저 멀리 던져버린다. 육아란 원래 제정신으로 할 수 없는 일 아니던가. 어쨌든 아빠는 어린이집 '등원 고시'에 합격했다. 아내에게 합격 소식을 전하자, 아내는 웃으며 말한다.

"합격 기념으로 올 때 아이스 카페라테 한잔 사다 줘."

뭔가 맥락에는 맞지 않으나, 이런 건 얼마든지 해줄 수 있다. 그런데 이상하다. 아침 아홉 시밖에 안 됐는데 왜 이리 피곤한 걸까.

저질 체력이면서 센 척

나를 닮은 로봇 하나만 있으면 좋겠다. 아이언맨처럼 소형 원자로를 단 그 로봇이 지치지 않고 딸과 놀아 주는 모습. 얼마나 행복할까. 그렇게 소파에 앉아 공상에 빠진 순간, 아내가 옆구리를 찌른다.

"여보, 이 영상 봐!"

아, 평화는 짧았다. 티 나지 않게 짜증을 숨긴다. 나는 귀찮지만, 전혀 그렇지 않은 척하면서 아내 스마트폰 화면을 들여다본다. 그리고 그곳에서 나는 발견하고야 말았다, 신개념의 놀이 방법을. 아빠 힘은 별로 안 들면서 아이의 체력을 효과적으로 빼버리는 금단의 마법을.

나른한 주말 오후. 영혼을 분실한 아빠는 소파에 널브러져 있고, 딸은 거실에서 계속 뛰어다니며 뭐라 말하는 중이다. 잘 안 들리는 거로 봐선, 귀마저 지쳐 나가떨어진 것 같다. 살며시 아내가 다가오고 물 한잔을 건네준다. 목이 말라 벌컥 들이켰건만, 젠장 뜨거운 물이다. 기침 소리를 내자 정신이 돌아온다. 기가 막힌 듯 헛웃음을 짓는 아내. 이게 만일 남편의 정신을 차리게 하기 위한 전략이었다면, 아내는 성공했다.

딸을 보며 생각한다, 딸의 몸은 건전지로 돌아가는 게 아니라 전원 코드가 부착되어 움직이는 게 아닐까 하고. 그러지 않고서야 저렇게 쉴 새 없이 움직일 리가 없다. 소파에서 거실 매트로 다이빙하고, 작은방과 거실을 멈추지 않고 왔다 갔다 하며 아내가 정리해 놓은 모든 것을 꺼내고, 뒤집고, 흐트러뜨린다. 그 모습을 보고 있는 나는 좌불안석. 소파 옆에 앉은 아내의 심기를 살핀다. 이럴 땐 눈에 X레이를 장착하고 시선을 발사하는 게 최고다. 아니나 다를까. 촬영 결과 아내의 화는 정확히 목과 턱 사이에서 넘실거리고 있다. 꿈틀거리는 안면 피부. 이 시기를 놓치면 끝이다. 나는 조건반사적으로 소파에서 몸을 일으켜 딸 앞에 선다.

"아빠랑 숨바꼭질할까?"

딸은 바로 이 말을 기다렸다. 반색하며 나에게 돌진하는 걸 보면.

숨바꼭질 몇 번에 체력이 고갈됐다. 아내의 화는 온데간데없이 사라진 지 오래. 나는 마음 편히 아내 옆에 앉아서 쉰다. 잠시 후 아내가 자신의 휴대전화를 들이밀며 유튜브 영상을 보여준다. 영상 속에서는 어떤 아빠가 신문지를 돌돌 말아 만든 기다란 봉으로 아이와 놀아 주고 있다. 바닥 청소하듯 신문지 봉이 좌우로 움직이고, 아이는 까르륵대며 줄넘기하듯 신문지 봉을 뛰어넘는 장면. 아빠의 표정이 매우 편안해 보인다. 마치 누워서 발로 그네를 살살 밀어 주는 광경이랄까. 그러면서도 아이와 아빠 모두 만족하는 아름다운 풍경이라니. 정말 놀라운 아이디어다. 이 영상의 제목은 대체 뭘까. 이럴 수가 〈아이 체력 빼기 놀이〉다. 지금 내가 가장 필요로 하는, 아니 어쩌면 매일매일 갈망하는 그 상태를, 제목과 영상은 정확히 구현해 주고 있었다.

같은 시각. 딸은 펄펄 날아다니며 노는 중이다. 지금이야말로 〈체력 빼기 놀이〉를 해야만 하는 절체절명의 순간. 아빠는 반전을 노린다. 봉과 매트는 준비 완료. 주인공을 모셔올 차례다. 딸은 놀이방에 있다. 한창 인형 놀이에 빠져 있으므로 조심스레 속삭인다.

"아빠랑 재밌는 게임 할래?"

이어지는 딸의 단호한 대답.

"싫어! 인형 놀이가 더 재밌어."

시작부터 난관이다. 요즘 중증의 '싫어 병'에 걸린 우리 딸은 아빠가 뭐 하자, 뭐 먹자, 뭐 입자 그러면 의심부터 하고 본다. 결말이 정해진 슬픈 이야기. 전략을 바꿔 '예고하기'란 방법을 써 본다.

"그럼 인형 놀이 끝나고 게임 할까?"

딸은 잠시 고민하더니 이렇게 말한다.

"아빠가 부탁하니까 놀아 주는 거야, 잠깐 기다려."

놀아달라고 부탁까지 해야 하는 지금의 상황이 뭔가 이상하지만 일단 한고비 넘겼으니 됐다.

한참을 기다려도 딸이 놀이방에서 나오지 않는다. 애가 탄 아빠는 다시 딸을 부른다.

"이제 아빠랑 게임 할까?"

자판기처럼 튀어나오는 대답.

"싫어!"

아까 약속한 것 잊었냐고 묻자, 아직 인형 놀이가 끝나지 않았다고 대꾸하는 딸. 역시 쉽지 않다. 아이의 뇌는 이성보다 감성이 작용한다더니. 아빠는 다시 전략을 바꾼다. 이름하여 '기정사실화' 전략. 여기에 '결정권 주기' 전술을 합쳐본다.

"아빠는 지금부터 정말 재밌고 신기한 게 마구 날아다니는 슈퍼 방방이 놀이할 건데, 악당 할래? 공주 할래?"

말이 끝나자마자 놀이방에서 딸의 대답이 튀어나온다.

"당연히 공주지!"

시작이 좋다. 아빠는 쐐기를 박는다.

"그럼 무대까지 아빠 등 비행기 타고 날아갈래?"

"와 재밌겠다! 그런데 지금 하는 라푼젤 인형 놀이도 재밌는데."

잠시 위기다. 딸이 방에서 나올 수 있도록 무리수를 써본다.

“그럼 라푼젤 공주가 되어 아빠 등 비행기 위에서 머리카락을 내려보는 건 어떨까? 네 머리카락이 길고 찰랑찰랑해서 밑에 있던 왕자들이 서로 머리카락 잡고 올라오려고 할 거야. 가다 보면 엄마 티라노사우루스가 라푼젤 잡으러 뛰어올 거니 아빠랑 얼른 도망가자.”

지금은 개연성을 생각할 때가 아니다. 엄마의 화도 나중 문제. 딸은 즉각 대답한다.

“와! 얼른 가자!”

나는 쾌재를 부르면서 딸을 업는다. 등에 업힌 딸은 내 어깨 위로 자신의 머리카락을 내린 뒤 왕자 인형들에게 어서 올라오라고 외친다. 그러면서 아빠 등을 때리는 이유는 뭘까. 아무튼, 등의 손자국을 느끼며 밖으로 나간다. 드디어 ‘신문지 봉’ 게임 시작이다.

아뿔싸. 착오가 생겼다. 3분도 하지 않았는데 벌써 지쳐오기 시작한다. 나이 탓이라기엔 너무 짧은 시간인데. 봉을 바닥에 휘두르는 일이 보통이 아니다. 혹시 팔에서 사용하지 않는 근육을 사용하는 건가? 내 체력이 이렇게 바닥이었나? 정체불명의 의문이 나를 잠식하는 순간, 딸의 외침이 상념을 깨부순다.

"아빠. 왜 이렇게 느려!"

"크윽, 아빠 팔이 아픈데 조금 느리게 해도 될까?"

"싫어!"

큰일 났다. 딸은 점프하는데 재미가 들렸고, 아빠는 힘이 빠져가는 위기. 아내는 소파에 앉아 그 모습을 보며 '절대 안 도와줄 거야'란 표정으로 휴대전화 화면만 보고 있다. 어쩌겠나. 팔이 떨어질 때까지 봉을 휘두를 수밖에. 십여 분 지났을까. 딸이 이제 그만하자고 말하며 놀이방으로 들어간다. 어이쿠 이런 효녀 같으니라고. 저린 팔을 주무르며 생각한다. 아이 체력 빼기 영상을 만든 아빠도 몇 분만 촬영하고 그만한 게 아닐까? 모든 것이 연출이었나? 갑자기 망치로 뒤통수를 후려친 것 같은 깨달음이 엄습한다. 차라리 인형 놀이를 계속하게 두었더라면?

아이와 놀다 보면 머릿속 전두엽이 빈번하게 마비된다. 그 결과, 자주 시행착오를 겪고 지지고 볶는다. 하지만 이 과정은 꼭 필요하다고 본다. 아빠 역할이 처음인 아빠도,

아이 역할이 처음인 아이도 서로 얽히고설키면서 자라기 때문이다. 이건 오직 몸으로 부딪혀야만 배울 수 있는 무엇. 그러므로 아이와 놀아 주는 일에 있어서 무의미한 일은 없다. 바스러질 순간을 붙잡으려면 약간의 땀이 필요한 법이다. 어떻게 확신하냐고? 그건 딸과 함께 침대에 누워보면 알 수 있다. 바로 이렇게.

"아빠, 나랑 놀아 주느라 힘들었지? 팔 주물러줄게, 사랑해!"

뭣도 모르면서 아는 척

딸이 묻는다.

"아빠, 사람은 왜 늙어 죽어?"

인형 놀이하던 중 갑자기 이런 질문이라니, 반칙이다. 그것도 하필 오늘. 아이들 질문에 성심성의껏 답해 주라는 배움을 얻은 직후에 말이다. 나는 겨울에 얼음물 샤워를 한 것처럼 얼어붙는다. '이걸 뭐라고 설명해야 하지?'

모처럼 뇌과학 도서를 읽었다. 자녀 교육엔 결정적 시기가 있으니 자녀와 대화할 때 정성을 다하란다. 나는 고개를 격하게 끄덕인다. 그렇게 하겠다고 다짐하며 책장을 넘기던 중, 작은 의문이 생긴다. 좋은 말이긴 하지만 과연 실천할 수 있을까? 저자는 내가 실천에 옮기지 않을 것 같았는지. 온갖 과학적 근거를 들이밀며 나를 압박한다. 눈은 핑핑 돌아가고. 시신경과 연결된 뇌 또한 출렁인다. 어지러운 건 당연지사. 속으로 생각한다. '저자가 왜 이리 안달이 났지. 나는 이미 당신의 주장에 동의했다고.' 급기야 멀미가 날 지경에 이르고, 견디지 못한 나는 책을 잠시 덮는다. 그제야 진실이 보인다. 책이 가진 거라곤 두툼한 양장으로 구성된 '입', 종이로 제조된 수백 페이지의 '혓바닥', 그리고 문장과 단어로 창조된 '침'뿐이란 사실을 말이다. 책은 귀가 없다. 그러니 내가 토해낸 호소를 듣지 못할 수밖에.

대충 내용은 파악했다. 그러니까 아이의 질문에 성심성의껏 답해 주라는 뜻이렷다. 나는 배운 것을 바로 써먹겠노라 다짐하며 비장한 마음을 품고 놀이방으로 걸어간다. 그곳에는 인형 놀이에 흠뻑 빠진 딸이 있다. 이어지는 상황극. 공주 인형과 티니핑 인형은 착한 애들이므로 딸이 조종한다. 티라노사우루스와 늑대, 사자는 못된 애들이므로 아빠가 조종한다. 티라노사우루스가 티니핑 인형을 납치하고, 딸은 코끼리를 공중에서 조종하며 티라노사우루스를 공격한다. 아빠는 배운 대로 생각한다. 이것은 이치에 맞지 않으므로 정확한 사실을 딸에게 알려줘야 한다고.

"이건 반칙인데! 코끼리는 하늘을 날지 못하잖아. 땅에서 움직여야지."

"아. 그러네."

딸은 코끼리를 살짝 땅에 내려놓는다. 아빠의 교육이 먹혔나. 나는 속으로 쾌재를 부른 채 인형 놀이를 계속한다. 어, 그런데 코끼리가 다시 하늘을 날고 있다. 딸에게 뭐라고 하려는 순간, 내 눈에 어이없는 장면이 들어온다. 코끼리가 펭귄 발에 잡힌 채 하늘을 훨훨 날고 있는 충격적인 광경. 딸이 주장한다. 펭귄도 새니까 코끼리를 들어 올린 채 날아다닐 수 있다고. 아니 이걸 어떻게 차근차근 설명해줘야 하지.

펭귄은 날지 못하는 새고, 코끼리는 아주 무겁고, 펭귄은 작지만 코끼리는 크고, 펭귄과 코끼리가 사는 곳은 추운 곳과 따뜻한 곳이라 둘은 만날 수가 없고, 그런데도 코끼리를 날게 하려면 코끼리보다 훨씬 큰 새가 있어야 한다는. 이 얽히고설킨 팩트를 풀어낼 자신이 없다. 먼 옛날, 고르디우스의 매듭을 단칼에 베어버린 알렉산드로스의 칼이라도 있다면 좋으련만. 이 성스러운 공간에 무기는 존재하지 않는다. 오랜 숙고 끝에 아빠의 입에서 튀어나오는 영혼 없는 말.

"우와 진짜 멋진 생각인걸! 펭귄이 코끼리를 잡고 함께 난다는 건, 아빠는 생각지도 못했네."

딸은 함박웃음을 지으며 말한다.

"아빤 바보야, 나한테 더 배워야겠어."

엥. 내가 뭘 들은 거지. 반박하고 싶은 마음이 굴뚝같지만 이를 악물고 참아야 한다. 지금의 분위기는 이를테면 수만 년의 빙하기를 지나 기어이 도달한 간빙기이므로. 아빠는 그냥 바보가 되기로 한다. 흥분한 딸과 아빠는 신명나게 인형 놀이를 이어간다. 그런데 갑자기 딸이 정색하며 묻는다.

"아빠, 사람은 왜 늙어 죽어?"

깜빡이를 켜지 않고 훅 들어온 딸의 질문 덕분에, 아빠는 교통사고를 당했다. 방전된 배터리처럼 한껏 굳어버린 몸. 사람은 원래 그렇게 태어난 거라고 말해 주고 싶지만, 그러자니 오늘 읽은 책이 눈앞에 아른거린다. 나는 왜 이런 질문을 진지하게 생각해 보지 않았을까. 그리고 내 딸은 왜 이런 질문을 진지하게 물어본 걸까. 그사이에 가로놓인 심연이 궁금하다. 나도 분명 어릴 적엔 물어봤을 질문. 어른이 되어 잊어버린 궁금증을 딸을 통해 상기하고 나 스스로 답을 찾고 있다. 시간을 초월한 자문자답이란 이런 게 아닐까.

답이 될 만한 것들을 검토해 보자. 첫째, 사람은 생명이니까. 생명은 당연히 죽는다. 그러므로 사람은 죽는다. 이런 삼단논법은 보편적 진실인 만큼 무의미하다. 둘째, 신께서 계획하신 일이므로. 내세를 위해 현세를 살아가는 것이다. 이런 관점은 현세의 고통을 쉽게 잊을 수 있도록 도와준다. 그런데 늙어서 죽는 것이 계획되어 있다는 결정론적 시각을 딸에게 말해 주고 싶진 않다. 셋째, 유전자의 음모다. 젊을 때 생식 능력이 최대화되므로, 그 짧은 시절을 눈부시게 보내고 하루라도 빨리 퇴화해 버리라는 유전자의 음모. 이런 생물학적 설명은 그럴싸하지만, 도저히 딸을 이해시킬 엄두가 나지 않는다. 이쯤 되자 아빠 머리는 한계에 다다르고, 두피에서 정체불명의 김이 모락모락 솟아난다. 뇌에 축적된 포도당이 다 떨어졌나 보다.

너무 피곤한 탓에 헛것이 보이는 건가. 나는 양손으로 뺨을 찰싹 때려 정신을 차린다. 눈앞에 대답을 기다리는 딸이 있다. 딸의 눈동자 속에 어린 시절의 내가 아른거린다. 딸과 똑같은 질문을 엄마에게 던지는 나. 그리고 수십 년의 세월이 흘러, 그 질문의 답을 진지하게 탐색하는 나. 질문과 답 사이를 가로막고 있던 아득한 시간의 거리가 일순간 좁혀지고 과거, 현재, 미래가 중첩된다. 나는 보고 있다. 딸이 커서 자신의 아이와 놀아줄 때 이 질문이 다시 등장하는 광경을, 딸이 당황하며 신중하게 대답을 고르는 순간을, 그러므로 나는 믿는다. 어떤 답을 하더라도. 딸은 수십 년 뒤 찰떡같은 답을 찾아내리라고. 그러니 지금은 미래의 딸에게 신호를 남기는 것만으로 충분하다. 이해하기 쉽고 기억에 오래 남을 메시지로 가공해서.

"사람이 늙어 죽는 이유는 아이들이 말을 안 들어서야. 아빠 말 안 들으면 아빠가 늙고, 그러다 죽는 거래. 그러니까 아빠 말 잘 들어야겠지?"

딸은 고개를 끄덕이며 "응, 잘 들을게"라고 대답한다. 그제야 아빠의 긴장이 사그라든다. 어느 순간, 오늘 읽은 책이 머릿속에 나타나 속삭인다. 이 정도 변명은 눈감아 주겠다고. 나는 면죄부를 얻었으므로 기쁜 마음을 품고 딸과 함께 인형 놀이를 계속한다. 그렇게 아름다운 결말로 끝나려는데, 벽에 걸린 액자를 물끄러미 바라보던 딸이 말한다.

"아빠, 그런데 엄마랑 결혼할 때 나는 왜 초대 안 했어? 나 너무 서운하네."

팔꿈치를 뜯기면서도 안 아픈 척

대학생 때, 난생처음 불닭을 먹으러 갔다. 그냥 이름만 듣고는 '불에 태웠다는 건가?' 혹은 '불가마에 구웠나?' 정도로 알고 식당에 들어갔는데, 너무 매워서 불닭이란다. 일단 들어왔으니 그냥 먹기로 한다. 드디어 주문한 메뉴가 나왔다. 마치 양념치킨과도 같은 외관이 눈길을 끈다. 은은하게 코끝을 휘감는 불향. 젓가락으로 한 조각을 조심스럽게 들어 올려 한입 베어 물었을 때까지는 마냥 좋았다. 입안을 알싸하게 어루만지는 매콤함. 신세계를 느끼고 감탄을 토해내려는 찰나. 내부에서 지옥의 불길이 솟구친다. 입안과 식도, 위장은 비명을 질렀지만, 그놈의 자존심이 뭐라고, 혈기 넘치던 나는 친구와 경쟁하듯 불덩어리를 계속 삼켰다. 그날 밤 잠을 이루지 못한 채 화장실 문을 잠그고 아래위로 무언가를 끊임없이 게워냈다. 그때 알았다. 내가

'맵찔이'라는 슬픈 진실을. 딸과 놀아 주는 지금, 불닭이 떠오르는 이유는 왜일까.

누군가 그랬다. 부모는 자녀를 통해 인생의 단맛과 쓴맛을 경험한다고. 제멋대로인 자녀와 함께 부대끼면서 부모 또한 성숙해지는 거라고. 나는 이 말에 동의한다. 사실 육아가 내 마음 같지 않는다는 것은 진작에 깨달았다. 딸이 태어나고 지금에 이르기까지의 삶은 '우당탕탕'이요 '좌충우돌'로 요약된다. 이 치열한 과정을 거치며 눈치챘다. 육아에는 한 가지 맛이 더 있다는 걸. 그건 바로 불닭처럼 나를 활활 태우는 '매운맛'이다. 매운맛은 아프다. 딸이 아빠에게 가하는 육체적인 고통. 그중에도 팔꿈치를 뜯길 때 가장 아프다. 이럴 때마다 팔꿈치를 애도한다. 세상의 수많은 팔꿈치 중에 하필이면 내 팔꿈치로 태어난 죄로 집요하게 뜯기고 있다니. 이토록 운이 없을 수가!

딸의 습관은 애착을 넘어선다. 그래도 아빠는 팔꿈치를 내준다. 상처가 나도 참는다. 팔꿈치를 만져야만 딸의 울음소리가 잦아들기 때문이다. 아내는 말한다. '팔꿈치 못 만지게 해. 버릇 나빠진다니까.' 육아 전문가도 같은 말을 한다. 하지만 딸의 울음 앞에서 아빠는 늘 무장 해제된다.

그래서 지금에 이르렀다. 바보는 그저 '안 아픈 척' 버티는 중이다. 그러나 간혹 너무 아프면 딸과 협상을 시도한다. 우리 딸은 이제 대화가 통하는 다섯 살이므로 차분히 설득하면 된다는 야심을 품은 채 나는 꿀 바른 목소리로 말한다.

"팔꿈치 안 만지면 책 읽어줄게."

딸은 단호하다.

"싫어!"

협상 1차전, 완패. 다시 도전! 이번에는 동정심 유발 작전이다.

"아빠가 팔꿈치 너무 아파서 병원에 입원할 것 같아. 그러면 못 놀아 주는데 괜찮아?"

딸은 잠시 고민한다. 오호라 이건 좋은 신호다. 동그랗게 오므려진 저 앙증맞은 입에서 어떤 말이 나올까. 아빠는 장밋빛 환상에 빠져들고. 드디어 딸의 입에서 무언가가 터져 나온다.

"그럼 아빠 팔꿈치는 두고 병원 가."

이야기의 장르가 '스릴러'로 급변하고, 안 그래도 딸 멍청이였던 나는 한 뼘 정도 더 바보가 된다. 저게 무슨 소리지, 팔을 자르라는 건가, 귓속을 파고든 음성 정보가 정확한 것인가, 고막에 오류가 생겼나. 이런 황당한 생각을 거듭하다가 자연스레 정신을 차린다. 나는 억지로 웃으며 딸에게 묻는다.

"아빠 팔꿈치랑 아빠 몸통이랑 너무 친해서 헤어지기 싫다는데 어떻게 하지?"

그러자 발을 동동 구르며 격하게 화를 내는 딸.

"몰라, 그래도 두고가!"

답답한 마음에 아내에게 도움을 요청하는 눈빛을 보냈건만. 아내는 못 본 척 식탁에 앉아 커피만 홀짝이고 있다. 오늘따라 유난히 얄밉다.

최후의 방법을 시도한다. 이름하여 눈물 없이 볼 수 없는 러브스토리. 이야기는 이렇게 시작된다. 옛날 옛적 호랑이 담배 피우던 시절, 어느 나라에 왼쪽 팔꿈치 공주와 오른쪽 팔꿈치 왕자가 살았다. 결혼을 앞두고 행복한 상상에 빠져 있던 공주와 왕자. 그런데 갑자기 손톱 괴물이 나타나 둘의 얼굴을 마구 할퀸다. 공주와 왕자의 얼굴에는 빨간 손톱자국이 새겨지고. 거울 속에 비친 흉측한 얼굴을 바라본 그들은 방문을 걸어 잠근다. 결국, 결혼은 취소되고 둘은 영영 헤어져 버렸다는 슬픈 이야기.

딸에게 애절한 서울 말씨로 이 이야기를 들려줬더니. 딸의 눈동자가 그렁그렁해진다. 아빠는 감정이 고조되도록 좀 더 약을 판다.

"이야기 너무 슬프다 그렇지? 팔꿈치 왕자와 공주가 결혼하려면 얼굴에 상처가 없어야 하는데 참 안 됐다. 너도 이제 팔꿈치 긁으면 안 될 것 같아. 그렇지?"

살짝 대답을 강요하는 분위기지만 어쩔 수 없다. 딸은 잠시 고민하더니 아빠가 원하는 대답을 해준다.

"그럼 나도 팔꿈치 안 긁을게."

야호! 드디어 안 만진다는 말이 나왔다. 너무 기쁜 나머지 거실에서 덩실덩실 춤을 추는데 딸이 말한다.

"아빠 나 좀 안아줘."

그럼 그럼, 당연히 안아드려야지. 팔꿈치만 만지지 않는다면 아빠는 더한 것도 해줄 수 있다.

쏜살같이 달려오는 딸. 미리 무릎을 굽히고 있던 아빠는 양손을 딸의 겨드랑이 사이에 넣고 들어 올린다. 딸의 양다리는 아빠 허리를 휘감고. 딸은 자신의 머리를 아빠 얼굴과 오른쪽 빗장뼈에 밀어 넣는다. 아빠 목에 감기는 딸의 가냘픈 팔뚝. 어라. 여기까진 좋았는데 뭔가 느낌이 이상하다. 딸의 양팔이 목에서 스르륵 미끄러지더니 승모근을 지나 어깨로, 팔꿈치로 내려간다. 이어지는 딸의 속삭임.

"아빠 그냥 팔꿈치에 손을 대고만 있을게. 진짜야."

어휴. 이런 고단수 딸을 봤나. 별수 없다. 딸바보 아빠는 다시 한번 '안 아픈 척'할 수밖에.

사막 놀이터에 서서 안 더운 척

머리카락을 뚫고 나온 땀방울이 흘러내린다. 목덜미를 타고 등을 지나, 베이지색 티셔츠에 스며든다. 땀방울의 탄생과 소멸을 지켜보며 생각한다, 오늘따라 유난히 덥다고. 나는 지금 모자도 안 쓰고 그늘 없는 벤치에 앉아 있다. 피부는 마치 수도꼭지가 열린 것처럼 땀을 쏟아낸다. 점점 무거워지는 티셔츠. 그런데도 몸은 움직이지 않는다. 이곳은 딸이 가장 잘 보이는 자리니까.

딸의 자태가 사뭇 위풍당당하다. 하늘하늘 노랑 옷. 신발 양쪽에 그려진 해님과 달님은 딸이 걸어갈 때마다 번갈아 웃는다. 병아리가 뒷짐 지고 놀이터를 어슬렁거리는 모습에서, 오랑캐와 싸우던 장수의 면모가 엿보인다. 딸의 시선을 따라가 본다. 그곳에 전쟁터를 닮은 놀이터가 있다.

병아리들은 한쪽으로 쏠렸다가 다른 쪽으로 쏠려간다. 그 모습이 마치 파도 같다. 파도처럼 섞인다. 그렇게 흙투성이가 된다. 서로 뒤엉킨 채 미끄럼틀을 타고, 그네를 타며, 시소를 탄다.

병아리들은 여전히 즐겁고, 햇살 또한 여전히 뜨겁다. 결국, 내 몸은 아이스크림처럼 녹아내린다. 마치 플라스마 상태가 된 기분이다. 엄청난 열에너지로 인해 이온화된 기체 상태. 딱 그런 상태다. 경계심이 사라져 무언가 흡수하기 좋은 환경이다. 그러므로 병아리들의 미소는 여과 없이 내 마음으로 침투한다. 그 과정에 어떠한 저항도 발생하지 않는다. 이건 중독 없는 각성제다. 감각은 극도로 예민해지고 내 마음은 한없이 놀이터를 향한다. 모든 순간을 고스란히 담아내려는 듯 고성능의 망원경과 청음기를 장착한 채 집중한다.

빨강 병아리 하나가 젤리 봉지를 뜯는다. 원인과 결과의 법칙에 따라 몰려드는 형형색색의 병아리들. 어른들의 세상에서 이런 상황이면 전투가 벌어지기 마련이건만, 병아리들의 세계에서는 평화의 몸짓이다. 병아리들은 사이 좋게 젤리를 나눠 먹는다. 젤리 먹던 손으로 모래를 파헤치고, 모래를 파헤친 손으로 젤리를 먹는다. 기겁한 엄마들이 현장으로 투입되어 말리지만, 이미 평화 협정은 체결된 상태. 아이들은 다시 뿔뿔이 흩어져 그네로, 시소로, 미끄럼틀로 위치한다. 입을 오물거리며 비장한 표정을 지은 채.

파랑 병아리가 철봉에 매달린 채 구조 요청을 한다. 그의 수호자는 보이지 않고 초록 병아리의 수호자가 등장하여 구해준다. 파랑과 초록은 싸우던 중 아니었나. 이런 의문을 품고 있는데 나의 노랑 병아리가 난관에 부닥쳤다. 그네에 타고 있는데 그네가 멈춘 것. 그네의 정지에 딸은 분노를 표출하고 아빠를 부른다. 그러자 근처에 있던 빨강 병아리의 수호자가 딸에게 가서 그네를 밀어준다. 딸은 까르륵대며 좋아하고 노랑과 빨강은 느닷없이 평화 협정을 맺는다.

이번에는 연합 공격이다. 무시무시한 적이 등장했기 때문이다. 지금은 약소국들끼리 전쟁을 벌일 때가 아니란 걸 깨달았다. 모두를 먹어치울 괴물이 등장했단다. 병아리들은 위기의식을 느끼고 옹기종기 모인다. 나의 노랑 병아리를 필두로 초록, 빨강, 파랑 병아리들이 무언가 작전을 짜더니 내 앞으로 우르르 몰려온다. 딸은 지엄한 어조로 선언한다.

"아빠가 괴물 해!"

이 황당한 순간 어떤 문장이 떠오른다. '태초에 말씀이 있었다'라는 정언 명령. 그러므로 나는 괴물이 된다.

괴물은 과자와 사탕으로 가득 찬 책가방을 짊어지고 병아리들을 쫓는다. 병아리들은 요리조리 피하며 깔깔 웃고, 나는 잡아야 하지만 잡지는 않으려 노력한다. 그러나 잡으려는 의지를 표정과 행동에서 보여줘야 한다. 마치 프로레슬링 선수가 된 기분이다. 병아리들의 웃음소리는 마약이다. 주변을 둘러보니 엄마들의 성벽이 응원한다. 그만둘 수도 없다. 병아리들이 이제 그만하자고 할 때까지는. 아차! 딴생각하다가 실수로 빨강 병아리를 잡고야 말았다. 그 순간 병아리들이 우르르 몰려와 괴물을 공격한다. 이럴 때 괴물은 도망칠 수밖에 없다.

한껏 멀어진 나를 보며 병아리들은 새로운 놀이를 한다. 그들을 바라보며 생각한다. 엄마들과 병아리들의 모습이 부족 사회를 닮았다고. 수렵 채집 활동을 하던 원시인들은 모두가 부모였고 모두가 자녀였으리라. 공동체 안에서 한 아이가 어려움에 부닥치면 부모뿐만 아니라 공동체가 아이를 도와줬으리라. 설령 부모 없는 아이라도, 공동체는 그들을 품어준다. 그들은 혈연으로 묶이지 않았지만 형제자매다. 함께 먹고 마시고 놀면서, 서로를 지탱한다.

나는 과거로 거슬러 올라간다. 명절마다 찾아간 할머니 댁. 그곳에서 아직도 몇 명인지 헷갈리는 내 또래의 친척들과 신나게 논다. 마당에서 노는 시간은 화살처럼 빠르게 흘러간다. 놀고, 먹고, 싸우고, 울고, 화해하고. 내면에 숨겨진 온갖 감정들이 분출하고 뒤섞이는 시간. 그러다 보면 마음의 항아리가 비워지면서 채워진다. 이를테면 이런 식이다. 응어리졌던 감정들이 마당에 모여 신나게 논다. 저녁이 되자 각자의 집으로 돌아간 이들. 옷에 뭔가를 잔뜩 묻히고 왔다. 흙인가 해서 자세히 들여다보니 그건 바로 존중과 배려였고, 이해와 예의였다. 신나게 놀고 왔을 뿐인데,

이름 모를 뭔가가 한 뼘 정도 자라났다.

그러니 친구들과 노는 시간은 분명 마음이 성장하는 시간이다. 주의력을 빼앗는 것이 가득한 시대에, 함께 땀 흘리고 부딪힐 수 있는 놀이터의 가치는 대단하다. 다이아몬드가 비싼 이유, 그것은 희소성 때문 아니겠는가. 함께 노는 시간과 장소가 줄어들고 줄어들면, 그만큼 그것이 소중해지기 마련이다. 어린이집 하원 후 불과 한 시간, 어린이집 옆의 아담한 놀이터. 과거보다 훨씬 축소된 시간과 공간이지만, 그 시간과 장소가 있음에 나는 감사한다.

병아리들이 다시 방심한 괴물에게 달려온다. 선두에는 딸이 있다. 뒤따라오는 병아리들의 기세가 예사롭지 않다. 나는 겨우 잡히지 않을 정도로만 달리고, 병아리들은 죽자고 따라온다. 고개를 돌려 보니 병아리들의 살은 이미 벌겋게 달아올랐다. 땡감이 벌겋게 익어가는 모습과 닮았다. 감이 익어 홍시가 되듯 아이들도 그렇게 익어서 어른이 되어간다.

'척'에 관한 실질적인 조언

아침에 자는 척을 하려면 제대로 하자. 아이에게 걸리면 어쩔 수 없다. 최선을 다해 놀아줄 수밖에. 노는 척의 핵심은 아이와의 티키타카다. 딴짓하다 걸리면 인형에 빙의하여 최선을 다하자. 모른 척은 배신을 수반한다. 아이는 엄마 편임을 명심하자. 어린이집 친구와 결혼한다고 하면 아무 말 말자. 안 되는 척 해봤자 괜히 화만 난다. 등원에도 절차는 있다. 하지만 치밀한 척은 금물. 상황은 늘 예측불가다. 유튜브를 믿지 말자. 센 척하다가 다음날 일어나지 못할 수 있다. 아이 앞에서 아는 척은 위험하다. 괜히 아는 척하다 벼락같은 질문에 당황할 수 있다. 안 아픈 척과 안 더운 척에는 한계가 있다. 그러니 아이 앞에서 솔직해지자. 정상참작이 될지도 모른다.

3장

우리 집 운명을 뒤흔들 고민이 시작된다

손자가 말했다. 전쟁은 나라의 큰일이다. 백성의 생사와 국가의 존망에 관계되니, 깊이 살피지 않으면 안 된다.

—손자병법 계(計) 편—

전쟁에서의 최선은, 전쟁이 일어나기 전에 목적을 달성하는 것. 즉, 전쟁이 일어나지 않도록 하는 것이다. 이를 위해서는 깊은 고민이 필요하다. 아이를 키우는 일 또한 마찬가지다.

아빠의 감정은 수시로 출렁인다. 딸을 보며 기쁨과 분노를 동시에 느끼고, 딸과 아내의 다툼을 보며 한숨을 내쉰다. 이런 양가감정을 겪으며 아빠는 다시 성장한다. 3장을 요약하면 이렇다. 덜자란 아빠의 '고민' 이야기.

시공을 넘나드는 반딧불이의 꿈

별다른 준비 없이 반딧불이 축제에 왔다. 요즘 축제는 비슷비슷하니 걱정 없다. 넓은 공터에 텐트 몇 개, 익숙한 풍경이 펼쳐질 테니까. 안 봐도 현장이 그려진다. 먹거리 장터 상인들의 호객 행위, 캐리커처 그려 주는 화가, 솜사탕과 탕후루를 들고 뛰어다니는 아이들, 무명 가수들의 공연, 길거리에 널브러진 쓰레기들까지. 정작 홍보물에 적혀 있던 지역 축제 고유의 무언가는 보이지 않는다. 일종의 대형 마트랄까. 개성은 온데간데없고, 대량 생산된 무언가만 잔뜩 진열되어 있다. 마치 A4용지처럼, 예측 가능한 표준 사이즈가 되었으므로 안전하다. 이러니 걱정이 될 리가 있나.

사실 축제는 내키지 않았다. 딸이 반딧불이를 보고 싶다고 하지 않았다면 아예 오지 않았을 것이다. 그렇게 입장한 축제 현장. 나는 분명 표준화된 공연과 푸드트럭을 떠올렸다. 그런데 이게 웬일인가. 축제 현장은 나의 예상과 달랐다. 연세 지긋하신 분들이 마을회관 앞에서 트로트를 부르고, 떡메에서는 인절미 향이 구수하게 흘러넘친다. 흙투성이가 된 아이들 십수 명이 콧물 범벅인 채로 축제 마당을 가로지르며 뛰어다닌다. 한쪽에는 풍선으로 꽃을 만들어 주는 할아버지가 있다. 아이들은 줄 서서 투박한 풍선꽃을 기다린다. 다른 한쪽에는 달고나 구워 주는 할머니가 있다. 설탕과 소다 타는 냄새를 둘러싸고 아이들이 옹기종기 모여 있다. 뭐가 그리 궁금한 게 많은지, 아이들은 할머니에게 질문 공세를 펼치고 할머니는 만면에 웃음을 띤 채 달고나 레시피를 줄줄 읊는다. 절대 혼자 만들지 말라는 조언과 함께. 마당 중앙에는 검정 망토를 대충 걸친 중년의 아저씨가 조잡한 마술쇼를 하는 중이다. 각각의 현장을 보면서 대단히 놀랐다. 이토록 미완의, 그러니까 날것의 장면을 보리라곤 생각지 못했기 때문이다. 불현듯 규정하기 힘든 어떤 감동이 마음속에 차올랐다.

기대는 벗어났으나 기분은 괜찮았다. 이런 시골의 정취

를 느껴본 게 언제였더라. 잠시 눈을 감고 추억을 떠올리려는데, 딸의 외침이 들린다.

"아빠. 저기 손톱에 뭘 그려 주는데 나도 하고 싶어!"

딸의 손가락을 따라 시선을 옮기니 그곳에는 곱게 화장한 어떤 할머니가 아이들 손톱에 매니큐어를 칠해 주고 있었다. 딸은 내 대답을 듣지도 않고 그곳으로 달려가 자리에 앉는다. 딸의 두 손이 테이블 위에 올라가고 왼쪽 손톱에는 빨간색, 오른쪽 손톱에는 파란색이 칠해진다. 할머니는 손녀딸을 꾸며 주듯, 섬세하게, 미동도 없이 색을 칠해준다. 딸은 이제 무기를 장착한 공주 기사로 변신한다. 기사에게는 무찌를 적이 필요한 법. 자연스레 아빠는 못된 악당이 된다. 공주가 악당에게 양손을 뻗으며 소리친다.

"불 파워."

"얼음 파워."

그러자 실체 없는 에너지빔이 나에게 날아온다. 아빠 악당은 전혀 아프지 않지만, 에너지빔 두 방을 맞고 쓰러진다. 이때 표정 관리는 필수다. 강력한 힘으로 얻어맞았으므로, 옆에 굴러다니는 구겨진 신문지보다 조금 더 얼굴을 구겨야 한다. 그 광경을 목격한 우리 딸. 좋아서 자지러진다.

갑자기 엄마 손을 붙잡고 어디론가 사라진 딸. 잠시 후 세상을 다 가진듯한 미소를 지은 채 한 손에는 꽃 모양 풍선을, 다른 손에는 달고나를 들고 나타난다. 그 해사한 모습이 기쁘면서도 한편으로 울적했다. 내가 어렸을 적엔 이런 잔치를 자주 보았었는데, 이제는 보기 어려워졌다는 사실이 무언가 쇠락을 의미하는 것 같아서였다. 역사의 현장에 널브러진 어느 돌덩이를 보며 과거에 번성했던 제국을 상상하듯 나는 시골 마을 잔치를 보며 옛정을 떠올린다. 행복을 가져다 주는 무언가가 점차 줄어간다는 사실. 그 행복의 기억마저 흐릿해진다는 진실. 아쉬움 가득한 생각은 하면 할수록 꼬리를 물고 해가 지는 능선을 따라 사라져 간다.

어느덧 해가 졌다. 우리는 버스를 타고 산 중턱까지 올라간 후 하차한다. 인솔하시는 분이 말한다. 반딧불이는 빛으로 소통하기에 휴대전화 액정의 빛이나 카메라 플래시, 랜턴을 켜면 안 된다고. 오직 희미한 달빛에 의지해서 걸어야 한단다. 우리 가족은 근육이 놀라지 않게 인솔자의 구령에 맞춰 발목과 허리 돌리기를 한다. 자 출발이다. 침묵

이 내려앉은 밤. 딸과 나는 손을 잡고 산길을 걷는 중이다. 시골이라 그런지 하늘의 별이 유난히 가깝게 보인다. 먹빛 하늘에 한 움큼 소금이라도 뿌려진 것 같다. 딸과 나는 오르락내리락하는 산의 리듬에 맞춰 올라가고 내려가길 반복하며 몸에서 풍기는 짠 내음을 맡는다. 하늘의 소금이 내 몸 위로 내려앉았나 보다.

저 멀리 차가운 빛의 명멸(明滅)이 눈동자에 달라붙는다. 마치 자연과 소통하는 핫라인이 연결된 듯 녹색 신호가 깜박이고, 내 마음에도 그린라이트가 켜진다. 무엇이든 털어놓아도 모두 품어줄 것 같은 분위기. 밤은 커튼이므로 조용히 고해할 수 있는 최적의 순간이다. 이런 연결을 마지막으로 경험해 본 게 언제였더라. 상념은 딸에 의해 깨진다. 졸린 듯 눈을 비비는 딸. 나를 보며 말없이 양손을 내민다. 비포장도로에 내리막길이라서 나는 잠깐 무릎을 굽히고 딸이 양팔로 내 목을 두를 수 있도록 고개를 살짝 숙인다.

내 품에 안겨 천사처럼 잠든 딸. 나는 딸이 불편할까 조심스럽게 걷는다. 오르락내리락. 땀이 쏟아진다. 앞섶에는 딸이 곤하게 자고 있으므로, 나는 땀을 등으로 쏟아낸다. 내 몸에서 풍기는 짠 내가 더욱 심해진다. 먹빛 하늘에는 별빛 소금뿐만 아니라 초록빛 소금까지 더해지고 거기에 내 몸에서 배출되는 소금까지 더해지니 주변이 온통 짠 내로 뒤덮였다. 이곳은 바다일까.

나는 그렇게 꿈꾸는 반딧불이를 품에 안고 어느 이름 모를 해변에 서 있다. 딸은 반딧불이의 꿈을 꾼다. 장자의 호접몽처럼, 꿈속에서 딸은 반딧불이가 되고 반딧불이는 딸이 된다. 딸은 아빠의 심장 소리를 들으며 깜빡인다. 녹색 빛이 신호를 보낸다. 말도 글도 아닌, 빛으로 전하는 메시지다. 이것은 실체 없는 연결이다. 전파 방해도 없는, 시공을 초월한 작은 기적. 그리하여 과거 시골 마을잔치와 현재, 잠든 딸과 아빠. 맑은 자연과 도시는 느슨하게 이어진다. 이것이야말로 진정 '온라인' 아닐까. 오직 반딧불이가 전심전력으로 피워내는 '그린라이트'만이 가능한 어떤 기적.

딸바보 vs 아내 바보

아내와 딸이 싸운다. 나는 조용히 밥을 먹는다. 초조하다. 전쟁의 불똥은 늘 옆으로 튄다. 지금 우리 집 밥상은 제2차 세계대전 동부전선 같다. 독일과 소련이 싸우는 사이, 나는 폴란드처럼 긴장한다. 강대한 두 모녀의 추이를 조심스레 살피면서.

나는 '딸바보'이자 '아내 바보'다. 바보는 늘 진다. 딸에게도 지고, 아내에게도 진다. 아내와 딸에게는 논리를 앞세운 설득이 통하지 않는다. 대충 이런 식이다. 딸이 말한다.

"아빠, 구슬 아이스크림 먹고 싶어!"

나는 조심스럽게 말해본다.

"이빨 썩을 수 있으니까 안 먹는 게 어때?"

딸은 단호하다.

"아빠 미워!"

바로 게임 끝이다. 아내도 다르지 않다.

"여보, 밥할 테니 애랑 놀아줘."

나는 힘없이 대답한다.

"좀 쉬면 안 될까……."

아내는 단호하다.

"그럼 밥이랑 설거지 다 해."

원투펀치 직격이다. 나는 결국 거실이라는 링 위에 나동그라진다. 이쯤 되면 가내 서열 3위인 바보는 궁금해진다. 서열 1위는 누구일까. 창과 방패의 싸움은 언제나 흥미를 끌기 마련이다. 하지만 이내 깨닫는다. 누가 이기든 불똥은 나에게 튄다는 것을.

평화를 사랑하는 내 의사와 관계없이 이런 상황은 꽤 자주 발생한다. 특히 밥상머리에서 딸이 밥 먹기를 거부할 때 가장 격렬하다. 아내가 부르는데 못 들은 척, 계속 거실에서 소꿉놀이하는 딸. 간신히 한 입 먹여놨더니 맛없다며 몽땅 뱉어내는 딸. 배고프다고 해서 밥 차려놨는데 소파로 달려가 자는 척하는 딸. 이쯤 되면 아내의 화가 쌓이는 게 보인다. 마치 자동차에 휘발유를 넣을 때 게이지가 쭉쭉 올라가는 것처럼 아내의 화는 금세 레벨 99에 도달한다. 최고 레벨까지 단 한걸음 남은 상황. 아내의 폭발은 기정 사실이다. 폭발 이후에는 대재앙이 펼쳐지므로 무조건 폭발 전에 개입해야 한다.

전쟁 철학자인 '클라우제비츠'가 그랬다. 대규모 화재 피해를 능숙하게 수습하는 사람보다, 애당초 화재가 발생하지 않도록 대비하는 사람이 더욱 유능하다고. 딸과 아내의 전쟁에 전쟁 철학까지 끌어들이는 것이 뭔가 우습지만, 생각해 보면 이 또한 전쟁 아니던가. 나는 유능한 전략가이자 분쟁 조정 전문가이므로 조기에 개입하기로 한다.

일단 치열하게 눈싸움하는 딸과 아내 사이에 엉덩이를 밀어 넣는다. 따뜻한 미소와 다정한 어조를 장착하는 건 필수다. 무릇 유능한 전문가라면 모두에게 이익이 되는 제안을 하는 법. 나는 히틀러와 스탈린을 앞에 두고 조심스럽게 말한다.

"우리 동화 문제 맞히기 놀이할까?"

호기심을 보이는 딸. 재밌겠다며 해보자고 한다. 분위기가 좋다. 나는 조금 강경한 어조로 규칙을 설명한다.

"그런데, 이건 식탁에서 밥 먹으면서 하는 거야. 아빠가 문제를 내고, 답을 맞히는 사람이 상품으로 한 숟가락씩 먹는 거지. 어때 재밌겠지?"

어라, 딸이 좋아한다. 빨리하자고 보채는 딸. 나는 흥겹게 문제를 낸다. 딸이 잘 맞출 수 있는 디즈니 공주 문제 위주로.

"첫 번째 문제, 백설 공주는 마녀가 준 무엇을 먹고 쓰러졌을까요?"

"독 사과!"

역시나 바로 맞추는 딸. 아빠는 격한 환호성과 함께 하이파이브하고, '밥 한 숟가락'이라는 푸짐한 상품을 준다. 그러자 놀라운 일이 발생한다. 밥은 자기가 스스로 먹을 테니, 아빠는 계속 문제만 내달란다.

에헴, 대성공이다. 딸은 즐겁게 게임을 하며 엄마가 정성껏 차려준 밥을 다 먹는다. 저 멀리 아내의 흐뭇한 미소가 보인다. 마치 과거 프로이센의 비스마르크가 된 기분이다.

19세기 말, 유럽의 국제 정세를 조율했던 유능한 인물. 비스마르크 시대에는 국제 정세가 안정적으로 유지됐다. 파국으로 치닫기 전에 그가 개입하여 상황을 안정시켰더랬지.

내가 있을 땐 이런 방식으로 전쟁의 긴장을 낮추지만, 내가 없을 때가 문제다. 전쟁은 이미 시작됐고, 거실이라는 광활한 벌판에서 결전이 벌어진 상황. 양측 모두 얼굴이 상기된 채로 씩씩거리고 있지만, 내 눈에는 보인다. 둘 다 출구 전략을 모색하고 있음을. 이 상황에서 효과적인 전략은 이거다. 공동의 적 만들기. 약소국들끼리 전쟁이 벌어졌다고 가정하자. 그런데 갑자기 강대국이 한쪽을 공격하려 한다. 그러면 약소국들은 전쟁을 멈추고 연합하여 강대국의 공격을 막아낸다. 이미 역사 속에서 증명됐고, 오늘날에도 효과적으로 적용 가능한 전략. 이것을 응용하는 것이다.

일단 베개로 아내를 공격하는 시늉을 한다. 주의할 점은 진짜 때리면 안 된다는 점이다. 시늉만 그럴싸하게 하면서 큰소리로 외친다.

"얍 얍! 아빠 괴물이 엄마를 공격하는 중."

가끔 현타가 온다. 나 혼자 상황 설정하고 효과음을 내면서 해설까지 하니 말이다. 그렇지만 가정의 평화를 위해서는 어쩔 수 없는 일. 이러면 거의 백 퍼센트의 확률로 딸이 나에게 달려온다.

"엄마 공격하지 마! 아빠 괴물아!"

여기까진 좋다. 문제는 말로만 뭐라 하는 게 아니라 어디선가 막대기를 가져와서 아빠를 때린다는 거다. 나는 쓰러지는 시늉을 하며 외친다.

"아야, 공주 기사가 아빠 괴물을 물리쳤다. 꽥!"

아이는 환호성을 지르고, 왜 그런지 모르겠지만 승리의 물구나무를 선다. 이 장면에서 쐐기를 박아야 한다. 그래서 나는 꼭 이런 질문을 던진다.

"아빠가 좋아? 엄마가 좋아?"

딸이 함박웃음을 지으며 말한다.

"당연히 엄마지. 난 엄마 부하야!"

적대국끼리 극적 화해가 이루어지는 순간이다. 눈물 없인 볼 수 없는 장면. 아내의 입꼬리엔 미소가 걸리고, 사이가 좋아진 아내와 딸은 서로 얼싸안은 채, 나만 빼고 뭔가를 하러 놀이방으로 들어간다. 방에서는 깔깔대는 소리가 새어 나온다. 오늘도 아빠는 임무를 완수했다. 집에는 평화의 팡파르가 울려 퍼지고 아빠는 묘한 미소를 지은 채 공부방으로 들어가 PC를 켠다. 이쯤 되면 진정한 승리자는 아빠가 아닐까 생각하며. 십 분 정도 앉아 있었을까. 갑자기 놀이방에서 총소리가 들려온다. 또 무슨 일일까. 의문을 품자마자 비상소집 명령이 떨어지고, 아빠는 현장으로 허둥지둥 달려간다.

우리 집 심청이가 난동 부린 날

우리 집 놀이방은 조그맣다. 싸구려 조립식 매트 6개가 간신히 몸을 비집고 누운. 오롯이 딸을 위해 존재하는 신비의 방. 그곳에 어떤 천사가 놀고 있다. 아빠는 이미 마법에 걸렸다. 애정 어린 눈으로 천사를 바라본다. 이윽고 펼쳐지는 기이한 풍경. 매트는 솜사탕처럼 부드럽다. 딸의 어깨엔 새하얀 날개가 돋고, 인형들은 요정으로 변신해 함께 논다. 방에는 까르륵 소리가 끊임없이 울려 퍼진다. 그러고 보니 공기가 핑크빛이다. 어떠한 삿된 것도 존재하지 않는 푸근하고 따뜻한 공간. 아빠는 생각한다. 이 신성한 곳에 발을 들여놓는다는 것은 투명한 물에 검정 잉크를 쏟는 것과 같은 게 아닐까.

오해하지 마시라. 딸과 놀기 싫은 건 아니다. 내 발이 문지방을 넘지 못하는 데는 나름의 이유가 있다. 그러나 거실에 있던 아내 눈에는 들어가기 싫은 모습처럼 보이나 보다.

"아니 방 앞에서 왜 그러고 서 있어. 얼른 들어가서 놀아줘야지."

나는 한심한 변명을 늘어놓는다.

"잠깐 다리에 쥐가 났네. 이제 들어갈게."

아내는 어처구니없다는 표정으로 나를 쳐다본다. 엄마의 목소리에 굳어 있던 딸이 외친다.

"아빠! 얼른 들어와서 괴물 해!"

딸이 선언했으므로, 아빠는 들어가야 한다. 이것이 우리 집 헌법 제1조1항이다.

정신 차리고 보니 놀이방은 폐허가 됐다. 결전이 벌어진 현장. 최후의 승자는 어디론가 놀러 나갔고, 남은 건 널브러진 인형뿐이다. 아이가 온 힘을 다해 어질러 놓은 장난감이 눈을 어지럽힌다. 극한의 혼돈. 이것이 실체화되어 내 앞에 현존할 수 있다니. 감탄과 짜증이 사이좋게 손을 잡고 내 앞에 나타난다. 얘네들이 원래 친했던가. 의문은 곧장 사그라들고 정리해야 한다는 강박감이 엄습한다. 이걸

어찌 정리해야 하나 걱정하기도 전에 몸은 움직이고 있다. 무척이나 조건반사적이다. 나는 파블로프의 개가 분명하다. 자극이 있고 행동이 따라간다. 그러므로 기계보다 더욱 기계적으로 기준에 어긋난 것을 바로잡는다.

가장 먼저 '타요 자동차' 시리즈를 모아서 장난감 차고에 집어넣는다. 파랑, 빨강, 노랑, 초록 버스는 특별하게 다뤄야 한다. 주인공이기 때문이다. 다음은 공주 인형 차례. 인형을 상자에 넣고 공주 캐리어와 공주 사물함을 정리한다. 크기만 다르지 소름 끼칠 정도로 실제와 흡사한 장신구들, 너무 작아서 손으로 잡으면 계속 미끄러진다. 그러나 무릇 아빠라면 이 정도 일은 웃으며 해내야 하는 법. 두툼한 손가락으로 낑낑대며 겨우겨우 정리에 성공한다. 아차, 왕관과 반지 세트도 잊지 말아야 한다. 정체 모를 보석과 유니콘 인형도 정리한다. 하나둘씩 정리되는 모습을 보니 마음이 편안해진다. 바닥에 떨어진 머리카락과 먼지까지 무선 청소기로 쓱 빨아들이면. 짜잔, 방은 태초의 상태로 돌아간다. 종류별로 가지런히 정리된 장난감. 결점을 찾으려야 찾을 수 없는 깔끔한 방바닥. 은은하게 침투하는 햇살까지. 완벽하다.

정리하기 전의 혼돈을 생각하니 뿌듯한 감정이 솟아오른다. 다시 내가 바라던 세상이 됐다. 혼돈은 제거됐으며 하나부터 열까지 내가 직접 통제할 수 있는 세계로 재탄생했다. 마치 라플라스의 악마처럼 모든 변수를 알고 있기에 미래는 선명하게 드러난다. 영원한 평화가 도래한 거다. 아이 방은 이렇게 표백된다. 그런데 이상하게도 마냥 편하지가 않다. 무의식 어딘가에서 느껴지는 이질감이라니. 무언가 껄끄럽다.

무색, 무취, 무미. 뜨거울 것도 차가울 것도 없는 미지근함. 이런 색깔 없는 단어들이 아이가 없는 아이 방을 규정한다. 나는 형형색색의 자연에 회색 인공을 가한 걸까. 무질서를 질서로 바꾼 것뿐인데, 색깔은 시들고 활력은 숨을 거둔다. 나의 행동은 무질서를 질서로 바꿨다는 점에서 엔트로피를 감소시킨 것이다. 그것은 일종의 회춘이라고도 볼 수 있건만, 그 역행의 감정이 칙칙할 수 있다니. 아이러니하다.

혼돈이 정답인 걸까. 아이의 손짓, 발짓은 예측 불가다. 마음 가는 대로 흐트러뜨리고 부순다. 이런 자연스러움에 색채가 물들어 있다면, 그것은 무엇으로부터 비롯된 걸까. 나의 정리는 예측 가능하며 정연한 절차에 의해 진행된다. 계획에 따라 차곡차곡 쌓고 장난감을 분류한다. 이런 행동이 무채색이라면 그 이유란 뭘까.

어떤 실험실을 떠올린다. 그곳에는 아이의 얼굴을 한 연구자가 뭔가를 태워 먹기도 하면서 과감하게 실험한다. 이리 섞고 저리 섞어가며. 그에겐 결과가 중요한 게 아니다. 과정이 즐겁다. 다른 실험실을 떠올린다. 그곳에는 아빠의 얼굴을 한 연구자가 가만히 앉아 결과를 읽고 있다. 모든 가능성은 사라지고, 결과에 이르는 단 하나의 과정만이 살아남았다.

결국, 정리라는 건 과정을 지우는 행위 아닐까. 시행착오의 역사를 깔끔하게 덜어내면서 최적의 경로 단 하나만 남기는 행위. 과거, 현재, 미래를 단 하나의 실로 꿰어내는 무자비한 행위 말이다. 고난도의 게임을 할 때, 원하는 엔딩을 보려고 끊임없이 세이브와 로드를 반복하는 것처럼 정리의 이면에는 헤아릴 수 없는 소멸과 헤아릴 수 없는 폭력이 감춰져 있다.

나는 망연자실한 상태로 표백된 방을 본다. 그것은 표백되었으므로 색채가 사라진 게 맞다. 살균되었으므로 뾰족함이 뭉툭해진 게 맞다. 마모되었으므로 기억에서 지워진 게 맞다. 나는 이 모든 걸 몰라야 함이 맞다. 아이에서 어른으로 각성한 어느 날, 스스로 눈을 감았으므로. 자발적으로 무채색이 되었기에.

그런데도 무채색인 내가 알록달록한 혼돈을 볼 수 있는 이유는 단 하나, 딸의 실험 덕분이다. 딸은 혼돈의 바다에 기꺼이 뛰어든다. 아득함을 두려워하지 않고 물장구를 친다. 잠수하고 유영하며 할 수 있는 모든 시행착오를 겪는다. 언제나 상상을 벗어나는 딸의 실험이 아빠 눈을 뜨게 한다. 심청이가 심봉사의 눈을 뜨게 한 것처럼.

죽었다 깨도 알 수 없는 모녀의 세계

딸이 했던 기이한 말을 기억한다. 살면서 처음 듣는 말이었다. '쩜 생기는 느낌'이라니. 그런 감각이 존재하는 걸까. 딸의 피부는 미세한 색 변화까지 감지하는 걸까. 혹시 병의 전조일까. 딸의 말이 머릿속을 뒤흔든다.

그날은 유난히 화창했다. 바람처럼 살랑이는 햇살이 뺨을 스치고, 비눗방울 같은 구름이 마음에 스며들다 터진다. 날씨가 하늘의 계시처럼 느껴졌다. 이상하게도 나가지 않으면 안 될 것 같아 무작정 외출을 결심한다. 오래간만에 가족 나들이를 한다고 생각하니 마음이 설렌다. 물론 바로 나가진 못한다. 나는 십 분 내로 준비할 수 있지만, 아내는 한 시간 이상이 필요하기 때문이다. 게다가 천방지축인 우리 딸은 나가자는 말을 듣자마자 도망자로 빙의한다. 아빠는 추노꾼이 될 수밖에 없다. 새삼 도망친 노비를 쫓던 조선 시대 추노꾼의 노고를 깨닫는다. 그들을 위해 잠시 묵념하고 아빠는 딸을 쫓기 시작한다.

추격전은 이내 숨바꼭질로 변한다. 놀이의 성격이 바뀌었으니 역할 또한 달라지는 법. 추노꾼에서 명탐정 코난으로 변신한 나는 집안 곳곳을 샅샅이 뒤진다. 도둑도 집을 털 때 이렇게 심혈을 기울이지는 않으련만, 집주인이 이삿짐 챙기듯 집구석을 뒤지는 꼴이 우습다. 그러나 가족 나들이를 위해서 이 정도 노력은 감수해야 한다. 그나저나 딸을 찾을 수가 없다. 코딱지만 한 집에 숨을 곳은 얼마나 많은지. 조그만 다람쥐는 커튼 뒤에도 숨고, 베란다에도 숨고, 택배 상자 안에도 숨고, 심지어 옷장 안까지 들어가 숨는다. 나는 거실에 나동그라진 채 마법의 주문을 외운다.

"못 찾겠다 꾀꼬리!"

이럴 수가, 딸이 화장대에 앉아 있던 아내 다리 밑에서 나온다. 딸은 나를 마구 놀리고, 나는 눈으로 아내에게 레이저를 쏜다. 그러거나 말거나 아내는 화장에 열중한다.

드디어 집을 나선다. 나가자는 말을 꺼내고 두 시간이 지난 뒤에야. 딸은 1m 앞으로 나갈 때마다 멈춰 서서 아빠를 찾는다. "아빠 이거 봐, 아빠 저 개미가 뭘 들고 가고 있어, 아빠 지렁이가 잠자고 있어" 등등. 현관에서 주차장까지 거리는 몇십 미터밖에 안 되지만 10분 동안 걸어간다. 이제 딸을 카시트에 태운다. 운전석 뒷좌석에 설치해 놓은 휘황찬란한 카시트. 딸이 두 살 때부터 쓰던 대한항공 일등석이다. 엉덩이를 대자마자 눈꺼풀이 내려가며 무아지경에 빠지는 놀라운 착좌감. 안마의자 뺨친다. 물론 내가 앉아보진 못했다. 혹시 이런 놀라운 승차감은 아빠의 능수능란한 운전 실력에서 비롯된 것일까. 반론이 없으니 일단 그런 거로 하자. 혼자만의 공상에 빠진 아빠. 낑낑대며 카시트 안전띠를 채우려 하지만, 딸이 거부권을 행사한다. 어쩔 수 없이 비장의 카드를 꺼낸다.

"아빠가 태블릿 켜 주려고 하는데, 계속 움직여서 켜질 못하네."

귀신같이 잠잠해지는 딸. 눈빛이 초롱초롱하다. 누군가가 우리 딸 눈동자에 호롱불을 넣어뒀나 보다.

안전띠 매기에 성공하고, 운전석 목 받침 위치에 태블릿을 설치한다. 뒷좌석에 앉아 커피를 마시고 있는 아내에게 도움을 요청하면서.

"여보. 핫스팟 켜줘요. 나 데이터가 없어서."

제일 행복한 순간이다. 나는 이제부터 운전에 집중해야 하므로, 아내가 나 대신 딸의 수발을 들어야 한다. 나는 백미러로 내 얼굴이 비치지 않도록 한 다음, 왼쪽 얼굴에 살짝 미소를 띠고선 슬쩍 액셀을 밟는다. 부아앙! 갑자기 발생한 낯선 굉음. 아내가 인상을 찌푸리며 말한다.

"으이구, 파킹을 풀고 밟아야지."

이거 어쩐지 출발부터 심상찮다.

빠르게 스쳐 지나가는 풍경처럼 마음속에 묵혀둔 번뇌 또한 시시각각 사그라든다. 오로지 운전에만 집중하는 건, 일종의 명상 같다는 생각을 하면서 마음의 평온을 즐긴다. 아내는 목 베개를 두른 채 곤히 자는 중이다. 방지턱과 급브레이크는 지옥으로 떨어지는 지름길이므로. 살금살금 바퀴를 들고 운전한다. 딸은 태블릿에 나오는 애니메이션 주제가를 따라부르고 있다. 이런 앙증맞은 딸랑구. 아빠를 찾지 않으니 더 귀여운 것 같다. 나는 휘파람을 불고 싶었으나 잠자는 어미 사자의 코털을 건드리고 싶지 않아 속으로만 삭인다. 백미러로 뒷좌석을 슬쩍슬쩍 엿보는데, 갑자기 딸과 시선이 마주쳤다. 1초의 정적. 딸이 입을 연다.

"아빠, 쩜 생기는 느낌이 들어."

내가 잘못 들었나. 쩜 생기는 느낌이란 게 대체 뭐지. 다시 정적이 흐르고. 내 머리도 멍청해진다.

도무지 이해가 안 가서 딸에게 묻는다.

"쩜 생기는 느낌이 뭘까, 아빠는 뭔지 몰라서 그러는데 한번 설명해줄래?"

그러자 딸이 짜증 내며 소리친다.

"아니 쩜 생기는 느낌이라고! 어떻게 좀 해줘!"

큰일 났다. 잠자던 어미 사자가 눈꺼풀을 올리며 말한다.

"뭐야, 아빠가 괴롭혔어?"

어떤 꿈을 꿔야 저런 반응이 조건반사적으로 나올까? 눈을 뜨자마자 아빠가 뭔가 잘못했을 거란 엄마의 육감. 잠시 울분에 차 항변하려 하지만. 나는 멍청해진 상태이므로 말문이 막힌다. 딸은 다시 엄마에게 고자질한다. 아빠는 '쩜 생기는 느낌'을 모른다고. 그러자 엄마는 딸을 꼭 끌어안고 달래준다.

"우리 딸이 다리 저리다는데 아빠가 그걸 몰라줬어? 아빠 나빴네!"

으잉. 쩜 생기는 느낌이 다리 저리다는 표현이라고? 대한민국에 이걸 아는 사람이 있을까. 그리고 이걸 찰떡같이 알아듣는 엄마는 뭐지. 갑자기 소름이 돋는다. 이런 게 아빠는 결코 알 수 없는 엄마의 위대함일까.

백미러로 유심히 바라보니 딸의 오른쪽 다리가 카시트와 엉덩이 사이에 끼어 있다. 엄마는 끼인 다리를 살짝 빼고 양손으로 주물러준다. 발목부터 종아리, 무릎에 이르기까지 구석구석. 딸은 연신 쩜 생기는 느낌이 아직 남아 있다고 말한다. 아빠처럼 얼굴에 쩜 많은 사람이 되기 싫다고 엄마에게 호소하는 딸. 갑자기 한숨이 나온다. 물론 내 얼굴은 짜장면 국물 튄 것처럼 점투성이지만 딸에게 대놓고 들으니 조금 씁쓸하다. 아차. 이런 감정은 사치다. 지금은 딸의 쩜이 어서 없어지길 바라야 한다. 그러고 보면 아내의 수완이 놀랍다. 자그마한 다리 하나를 능수능란하게 꼬집고, 비비고, 꾹 잡았다가 놓고, 간지럽힌다. 나는 다시 운전에 집중한다. 뒷좌석에서 까르륵 소리가 울려 퍼진다. 어느새 쩜 생기는 느낌이 사라졌는지 엄마와 함께 노래 부르는 딸. 나는 인지 부조화를 경험한다. 집에서는 그렇게 싸우던 두 모녀가 이런 친밀한 모습을 보이다니. 여자들의 세계는 도통 알 수가 없다.

아침마다 화장실에서 기도하는 이유

학창시절, 나는 열심히 교회를 다녔다. 매주 아침 예배와 '여름 성경 학교'에 빠짐없이 참여했다. 교회에서 열린 '성경 퀴즈 대회'에 출전하여 여러 번 입상했고, 고등부 회장도 맡았다. 욕심도 많았고, 칭찬받는 게 좋았다. 이런 세속적인 의도가 원동력이 되어, 자연스레 교회에 매료됐다.

열성적으로 교회를 다녔던 그때. 내가 제일 부담스러웠던 것은 기도 자세였다. 눈감기 싫은데 눈을 감아야 하고 양손을 맞잡아 깍지를 껴서 손가락 오므리는 일도 별로였다. 그냥 손바닥만 마주 대면 안 되는 걸까. 의식(儀式)보다 마음이 중요한 게 아닌가. 애당초 이런 의식을 만든 것도 사람 아니던가. 내 마음속 의심의 씨앗은 순식간에 싹을 틔우더니 마음 전역에 뿌리내린다. 종교 생활에 있어서 이런 의심은 독(毒)으로 작용한다. 티끌 하나 없던 순수함에 생긴 이물질 하나, 그게 나였다. 이러나저러나, 이질적인 것의 공존은 불가능하므로 결별할 수밖에 없다. 신앙을 잃어버린 독은 자발적으로 순수함으로부터 이탈한다. 그제야 실상이 선명하게 보인다. 껍질 내부를 채우고 있던 건, 이를테면 남의 신앙, 주입된 지식. 이런 가짜가 외형을 지탱하고 있었다. 한숨이 절로 나왔다. 애초에 내게 신앙심이란 게 있었던가. 누군가에게 보여 주기 위해. 더 나아가 아주 어린 시절부터 교회를 나갔다는 관성에 따라 움직였을 뿐. 신앙심은 처음부터 존재하지 않았다.

마음은 떠나도 껍질은 남는다. 피상적으로 읊었던 주기도문과 사도행전, 기도의 표준 레퍼토리는 머릿속에 각인된 지 오래다. 어린 시절의 기억이니 더욱 그러했던 것 같다. 그 당시 느꼈던 무언가 기이할 정도로 열광적인 분위기. 사람들의 눈물과 터져 나오는 고성. 경직된 자세. 눈뜨고 기도하면 신이 사라지기라도 하는 것처럼, 굳게 감은 두 눈. 이런 것들이 뭉뚱그려져서 마음속 '기도' 이미지로 남았다. 내용물은 쏙 빠진 채 껍질만 덩그러니 남아 있는 모습이 참 기괴하다. 마치 자동차가 다니지 않는 왕복 8차선 도로처럼 적막이 흐르는 아스팔트 도로. 도로는 자동차가 필요하다. 굳이 자동차가 아니더라도 좋다. 동물이 다니든, 사람이 걸어 다니든 무언가 지나가기 위해 만들어진 도로는 자신의 존재 이유를 증명하고 싶어 한다. 그리하여 이제 도로 위는 자동차 아닌 것들이 활보한다. 단 하나의 신을 위해 만든 아스팔트 고속도로는, 어느샌가 이질적인 사유들이 분주하게 오가는 비포장 오솔길로 바뀌었다.

지금은 신을 믿지 않는다. 머리가 굵어진 탓일까. 정확하게는 신의 존재란 증명할 수 없다고 생각한다. 불가지론자. 그게 지금의 나를 설명한다. 그렇다고 신을 믿는 다른 이를 이상하게 보지는 않는다. 누구나 자신의 신념이 있고, 그것을 존중하는 건 당연하기에 나는 종교에 관련된 어떠한 선입견도 없다. 마음이 활짝 열린 사람은 호기심이 많아지는 법이다. 나는 군대에 있으면서 기독교뿐만 아니라 천주교, 불교, 원불교를 모두 가봤다. 종교마다 특징이 있었다. 그러나 묘한 공통점을 발견했다. 모두가 '기도'를 한다는 것이었다. 어떤 의식이, 어떤 노래가 그곳에 담긴 모든 분위기가 하나를 지향했다. 어떤 절대(자)를 향한 저마다의 기원. 생각해 보니 기도는 '바람'이요 '갈망'을 닮았다. 그것은 인간 본성의 기본 조건 아니었던가. 행복하길 바라고, 부유하길 바라며, 건강하길 바라는. 뭐 이런 보편적인 바람이 아니더라도 일상의 세밀한 고백은 놀랍게도 여기저기서 끝없이 목격된다. 종교 시설에서 기도하는 누군가, 별똥별이 떨어지는 운동장에 앉아 소원을 비는 어린 커플. 화장실에 삼십 분째 앉아 있는 변비 환자. 그러므로 '기도'는 각자의 상황에 맞게 각자가 행하는 어떤 간절함이다.

언제부터인가 나는 매일 아침 화장실 세면대 앞에서 무릎을 꿇고 기도한다. 바람이나 갈망 때문이 아닌, 그저 목적 없는 기도다. 눈을 감고, 저린 다리를 주무르며 5분간 존재하는 시간이다. 어찌 보면 명상과도 같다. 차분하게 내면을 관조하고, 어제 있었던 일과 오늘 예정된 일을 곱씹는 시간. 내게는 몹시 소중하다. 명상의 결론은 언제나 같다. '지금 이 순간에 최선을 다하자.' 어제의 결론 위에 오늘의 다짐이 쌓인다. 그렇게 결론은 힘을 모아 내 삶에 영향을 준다. 밤사이 흐리멍덩해진 나는, 아침 기도 덕분에 다시금 충전된다.

이제 일어날 시간이다. 경건한 자세는 신체에 무리가 가므로 오래 유지할 게 못 된다. 장시간 쪼그리고 앉아 있었더니 무릎에서 녹슨 경첩 소리가 난다. 허리에서 뚜두둑 소리가 났지만, 아프지 않으므로 괜찮을 거다. 어깨 근육이 몹시 결린다. 내가 뭘 짊어지고 있었던가. 순간 어깨에 느껴지는 묵직한 중량감. 동시에 머리카락 위로 무언가가 뚝뚝 떨어진다.

신의 위로일까. 기도에 대한 응답일까. 고개를 들자 딸이 흘린 침이 보인다. 양치하느라 하얀색 치약과 아밀라아제가 섞인. 묘한 탁색의 눈물. 거울 속 딸이 해맑게 웃는다. 입가엔 치약을 잔뜩 묻힌 채, 산발인 딸의 모습이 거울 속에서 흘러내린다. 그 경이로운 흐름은 아빠의 머리카락을 적시고, 아빠의 굴곡진 뺨을 지나 노쇠한 턱에 다다른다. 축복의 순간. 시간이 흐르면서 거울은 폭포가 되고. 그 거대한 물줄기는 기도 자세라는 '형태'를 따라 껍질만 남아버린 아빠의 속을 가득 채운다. 신앙이 떠나버린 그곳에,

비로소 새로운 신앙이 들어찼다. 같은 시각, 텅 비어버린 왕복 8차선 고속도로에 느닷없이 '러시아워'가 발생한다.

겉과 속이 완전해진 기적의 순간. 아빠는 웃고, 목마 탄 딸도 따라 웃는다.

"아빠랑 이렇게 양치하니까 재밌어!"

상습 양치 거부자가 거울에 비친 나를 보며 미소짓는다. 내 머리카락은 정체불명의 액체로 범벅이 됐지만, 그래도 괜찮다. 지금 나는 갠지스강에 몸을 담근 힌두교도와 같은 마음이므로.

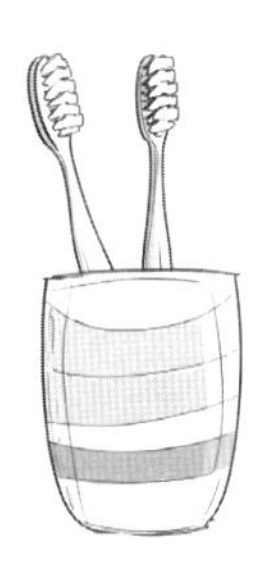

n회차 인생을 의심하다

나는 산속의 사립 고등학교를 졸업했다. 도심의 노른자 땅을 팔아 이전한 학교였기에 건물들이 웅장했다. 특히 내 마음을 사로잡은 건 으리으리한 도서관이었다. 공부보다 독서를 좋아하던 나는 도서관을 궁전이자 보물창고처럼 여겼다. 발바닥이 닳도록 드나들며 책에 파묻혔다. 콧노래를 흥얼거리며 마음에 드는 책을 골라 마구마구 읽던 행복한 독서의 나날 속에서, 나는 운명처럼 영국의 동화작가 로얼드 달의 『마틸다』를 만났다.

주인공인 '마틸다'는 책을 좋아하는 다섯 살짜리 여자아이다. 무려 네 살 때 찰스 디킨스 전집을 독파한 무시무시한 천재. 누구의 도움도 없이 자기 혼자 도서관을 들락날락하는 꼬마를 보며, 나는 환호성을 질렀다. 아마 그때부터였을 것이다. 먼 훗날 내 아이는 꼭 딸일 것이라 믿기 시작한 건. 이에 더해서 아직 태어나지도 않은 내 딸이 독서를 좋아할 거라는 근거 없는 믿음이 생겨난 건. 오랜 시간이 흐른 뒤, 실제로 딸이 태어나면서 나는 마음속으로 굳게 다짐했다. 내게 어떤 시련이 닥쳐와도 딸에게 책을 열심히 읽어 주겠노라고. 특히 잠들기 전, 베갯머리 독서에 온 정성을 쏟겠다고. 어린 시절부터 간직해온 로망이 야심으로 바뀌는 순간이다.

어느덧 딸은 마틸다와 동갑이 됐다. 오 년의 시간은 아빠를 이상주의자에서 현실주의자로 돌려놓을 만큼 충분한 시간이다. 인생이 내게 할당해준 헛발질을 이 시간에 다 해버렸다. 그리하여 지금의 독서 패턴은 이렇다. 내가 먼저 침대에 눕는다. 딸은 거실 책장에서 책을 몇 권 가져온다. 책을 읽은 직후 잠들어야 하므로 무드등 하나만 남기고 모든 조명을 끈다. 나는 누운 채로 책을 펼쳐 들고, 딸은 내 겨드랑이 틈바구니에 머리를 묻는다. 자세가 상상되시려나. 나는 누워서 천장을 향해 손을 뻗고 있다. 책만 빼면 영락없이 앞으로나란히. 딸의 머리 때문에 어깨를 움직일 수도 없다. 이런 와중에 아이는 초롱초롱한 눈빛으로 내 팔꿈치를 뜯으며 이야기를 듣는다. 잠자러 들어온 아이가 잠은 안 자고 눈빛이 더 초롱초롱해지는 현상을 뭐라 정의해야 할까. 학생이 시험공부를 하다 에너지 음료를 마시면 각성하고, 야근하는 사람이 고카페인 커피를 연거푸 들이켜면 뜬눈으로 밤샐 힘을 얻듯이, 우리 딸도 그런 모양이다. 사태가 이렇게 흘러가므로 대부분 결말은 아빠 먼저 잠이 드는 거로 마무리된다. 그럼 아이는 어떻게 될까. 먼저 잠든 아빠를 때리다가 갑자기 까무룩 잠이 든다.

그래서 요즘엔 전략을 바꿨다. 딱 한 권만 읽어 주기로. 물론 전적으로 딸을 위해서다. 침대에 눕자마자 딸이 말한다.

"아빠, 이 책들 읽어줘."

딸이 너무 귀엽게 말해서 다 읽어 주고 싶지만, 아빠는 꾹 참고 근엄한 어조로 말한다.

"이제부터 아빠는 딱 한 권만 읽어 주는 사람이야. 이 중에서 한 권만 골라봐. 재미있게 읽어줄게."

딸은 그런 게 어딨냐며 뭐라 하지만, 어쩔 수 없다. 매번 베갯머리 독서를 하면서 아빠 먼저 잠들 수는 없지 않

나. 기어이 딸의 애교와 협박을 모두 이겨내고 딱 한 권만 읽어준다.

"한 권 다 읽었으니 이제 불 끄고 자자."

이렇게 말하고 무드등을 끄려는데 갑자기 아빠 배 위로 몸을 날리는 딸.

"아빠 한 권만 더 읽으면 안 돼? 아잉!"

딸이 치명적인 애교 공격을 가한다. 잠시 갈등하지만, 그래도 드러누워 잔다. 아니 자는 척을 한다. 이때 그냥 자버리면 자유시간이 날아가므로 잠의 유혹을 이겨내야 한다. 새근새근 잠자는 딸의 숨소리가 들릴 때까지.

몇 번을 이렇게 재우는 데 성공하고 아내와 하이파이브를 했다. 전략이 먹혀들어 간 것에 대해 뿌듯함을 느끼면서. 그러나 샴페인을 일찍 터뜨린 것일까. 딸이 반격을 가한다.

"아빠 오늘도 한 권만 읽자."

아빠는 쾌재를 부르며 말한다.

"그래 한 권은 언제든지 읽어줄 수 있지. 뭐든지 재미있게 읽어줄 테니 가져와."

딸이 끙끙대며 뭔가를 갖고 온다. 헉! 딸이 가져온 책을 보며 순간적으로 말문이 막혔다. 우리 집에는 무시무시한 그림책 여섯 권이 포진하고 있다. 바로 디즈니 공주 책이다. 이야기가 무서워서도 아니고, 재미있게 읽어 주지 못할 것 같아서도 아니다. 이 책들은 엄청난 두께와 무게를 자랑한다. 유아용 책 중에 벽돌 책이라 불릴만한 그런 책들. 일단 그림이 많다. 그럼 당연히 글자 수도 많아진다. 그림과 글자 수가 많은 책은 페이지 수가 많은 책이다. 기본 백 페이지 이상 되는. 게다가 이놈의 책들이 죄다 양장이다. 종이는 몹시 두껍고, 코팅이 되어서 그런지 탱탱하다. 이 모든 걸 종합하면 '무겁다'로 요약된다. 열 권을 한 권으로 합쳐놓은 듯한 책을 읽어 주다 보니 어떤 기억이 강제로 소환된다. 그곳에는 학창 시절 떠들다가 걸려서 벌 받는 내가 있다.

며칠 된통 당했다. 나는 반격을 가하기로 한다. 이번에는 딸의 습관을 이용하는 전략이다. 우리 딸은 책을 읽어 주면 마구 굴러다니며 편한 자세로 듣는 습관이 있다. 자세를 바꿀 때마다 딸의 시선이 책에서 떨어질 때가 있는데,

그때를 틈타 한 번에 여러 페이지를 넘기는 전략이다. 긴 이야기니, 몇 페이지를 쓱싹 넘겨도 알아차리기 힘들 테다. 며칠은 잘 먹혀들어 갔다. 그런데 어느 날 딸이 이렇게 말하는 게 아닌가.

"아빠 잠깐만, 여기가 아닌 것 같은데."

그러더니 페이지를 한참 앞으로 되돌린다.

"아빠, 여기서부터 읽어야지. 빠뜨렸잖아."

딸의 실수를 지적하며 원래 페이지로 되돌리려는데 딸이 하는 말.

"아빠 그냥 여기서부터 읽어줘. 그동안 매번 그냥 넘겼잖아."

궁지에 몰린 나는 눈물을 머금고 처음부터 다시 읽어준다. 딸의 얼굴에 미소가 번지고 아빠는 딸을 과소평가했음을 후회한다. 팔이 저려서 자세를 흐트러뜨릴 때마다 똑바로 읽으라고 독려하는 딸. 이거 뭔가 이상하다. 혹시 딸은 책 읽는 걸 좋아하는 것이 아니라, 아빠 놀리는 걸 재밌어하는 것 아닌가. 재우기 위해 책을 읽어 주는 것인데 점점 더 말똥말똥해지는 아이의 모습을 보면서 추측이 확신으로 변

해간다. 문득 어떤 깨달음이 엄습한다. 동화책에서도 '마틸다'가 아빠를 엄청나게 골탕 먹였더랬지. '혹시 우리 딸. 마틸다의 환생일까?' 그새를 못 참고 딸보다 먼저 잠든 대역죄인 아빠. 딸에게 얻어맞으면서 끊임없이 잠꼬대한다.

껄끄러운 디즈니식 해피엔딩

딸의 책 취향은 명확하다. 내용보다 표지와 그림이 중요하다. 예쁜 공주와 멋진 왕자, 웅장한 성이 나오면 그것으로 끝이다. 그러므로 우리 집에 있는 수백 권의 책 중에서 딸의 편애를 받는 책은 정해져 있다. 매번 딸의 간택을 받는 매력 뿜뿜 어린이 책은 바로 디즈니 공주 책이다.

한 권이면 좋으련만, 여섯 권이 세트다. 백설공주, 신데렐라, 라푼젤, 오로라, 인어공주, 미녀와 야수까지. 딸은 공주 책을 읽으면서 그 세계에 흠뻑 빠진다. 한 페이지에 그려진 인물과 동물들, 배경을 세심하게 들여다본다. 아직 글자는 읽을 수 없으나, 내 생각에 딸은 텍스트의 필체도 알아보는 듯하다. 그래서 한 페이지를 쉽게 넘길 수 없다. 이게 뜻하는 바는 분명하다. 딸은 즐겁고, 아빠는 죽어난다는 것. 한 권 한 권이 백 페이지가 넘는, 묵직한 중량의 벽돌. 나는 저녁 아홉 시가 되면 침대에 누워서 벽돌을 아령 삼아 '덤벨 프레스'를 한다. 근력 운동은 혼자 해야 제맛이건만, 이 순간 내 가슴 위에 코치 한 분이 올라가 계신다. 호흡조차 곤란한 위기. 그러나 기어코 중량을 들어올려야 한다. 잠시라도 버벅대면 코치로 빙의한 공주님께서 심하게 닦달하기 때문이다.

녹슨 팔은 삐거덕거리다 못해 비명을 지른다. 상쾌하게 샤워를 마쳤는데, 이마와 목덜미에 식은땀이 흐른다. 이 순간 나는 영혼이 빠져나간 상태에서 글자를 읽고 있다. 내 영혼은 추억 여행을 떠났다. 학교 수업 시간에 장난치다가 걸려서 선생님께 된통 혼나던 시절로. 그땐 정말 복도에 자주 나갔다. 손들고 서 있어야 했지만 보는 눈이 없으니 잔꾀도 종종 부렸다. 그래서일까. 잘못에 대한 반성이 충분하게 이루어지지 않은 탓에, 지금 이 순간 나는 시간을 초월하여 벌서고 있는 걸까. 그때 내가 게으름을 피웠기 때문에, 이번에는 통제 불가능한 꼬마 감독자를 붙인 걸까. 당시 상황이 하나둘씩 떠오른다. 자연스레 마음 한편에 꼭 꼭 숨겨둔 흑역사 또한 술술 풀려나온다. 곰곰이 생각해 보니 이건 기억이 아니다. 몸에 각인된 일종의 흔적이다. 오로지 힘들었던 순간. 그때의 자세만 떠오르는 걸 보면.

침대에서 딸에게 책을 읽어 주는 일이란, 달리 생각하면 일종의 도를 닦는 일이다. 이야기 속에서만 들었던 불심 깊은 승려의 고행(苦行). 속세의 때를 덜어내고, 내면의 평정심을 얻기 위한 수행 말이다. '책 읽어 주기'와 '도 닦기'는 똑같이 힘든 일이다. 힘든 일을 하려면 강력한 동기가 필요한 법. 고승(高僧)은 깨달음이라는 분명한 목적을 갖고 고행을 했다지만, 목적이 불분명한 채로 고행을 하는 나는 대체 뭔가. 무신론자가 신을 향해 기도하는 것처럼, 영혼 없이 텍스트를 읽는 내 꼴이 참 우습다. 이유를 찾지 못한 행위는 불만을 가져온다. 화가 끓어오를 때쯤, 적절하게 끼어드는 서늘한 시선. 딸의 눈빛이다. 딸은 아빠가 건성건성 읽고 있다는 것을 본능적으로 알아채고 엄마에게 이른다. 아빠가 대충대충 읽어준다고. 그럴 때마다 나는 몽상에서 빠져나와 다시 역할극에 심취한다.

인어공주를 읽는다. 역할에 맞게 목소리와 연기를 다르게 해 주는 게 포인트다. 인어공주의 아빠인 '트리톤 왕'이 될 때마다 근엄한 목소리로 연기하고, 인어공주 '에리얼'이 나올 때마다 간드러진 목소리로 연기한다. 상어의 목소리는 뭐였더라. 잠깐 옹알거리다 포기한다. 나의 연기가 조금 통했는지 딸은 까르르 웃고. 질문을 퍼붓는다. 아. 팔이 떨어져 나갈 것 같다. 페이지와 페이지를 넘기는 그 잠깐 사이에 팔꿈치를 접었다 펴는 스트레칭을 해야 하는데. 질문 공세를 받다 보면 누워서 앞으로나란히 한 채로 알록달록한 아령을 들고 있을 수밖에 없다. 출구 전략이 필요한 시점. 나는 다시 고뇌에 빠진다.

기억은 안 나지만 누군가 했던 말이 떠오른다. '이 또한 지나가리라.' 나는 디즈니 공주 책 제작자를 원망하고, '월트 디즈니'를 원망하면서도 어쨌든 읽어나간다. 바다 마녀가 인어공주의 아름다운 목소리를 빼앗는다. 인어공주는 다리를 얻고, 왕자는 바다 마녀를 쓰러뜨린다. 대망의 클라이맥스. 우리는 기어이 마지막 페이지에 도달한다. 90분간 치열하게 벌어진 축구 경기를 끝내듯. 나는 세상 다 가진 표정으로 경기 종료 호루라기를 세게 분다.

"그들은 오래오래 행복하게 살았답니다."

딸은 함박웃음을 짓고, 아빠에게 사랑을 속삭이며 몸을 돌려 드러눕는다. 나는 오늘도 해냈다는 성취감에 팔을 주무르고 한숨을 돌린다. 그 짧은 순간에, 고통에 억눌려 있던 어떤 의문이 스프링처럼 튀어나온다. 어떤 거부 반응이기도 하고, 격렬한 면역작용이기도 한 그것은 삽시간에 내 머릿속을 장악한다.

마지막 문장을 유심히 보고 있다. 해피엔딩의 이면을. 무수히 잘려나간 맥락을. '오래오래 행복하게 살았다'는 문장 뒤에는 '그렇게 살아야 한다'는 강요와, 행복에 방해되는 모든 것을 배제하는 폭력이 숨어 있다. 밥상에 올려지는 쌀밥 한 공기에도 무수히 많은 여름과 땀방울이 포함되어 있건만. 과정과 노력은 불순물처럼 취급되고 오로지 김이 모락모락 피어오르는 쌀밥만 아끼는 꼴이라니. 해피엔딩은 우리 시야를 협소하게 만든다. 오로지 끝만 보고 달려가게 하는 결승점이다. 그런데 인생이 그러하던가. 뒤로도 갔다가 옆으로도 갔다가 휘청휘청 비틀거리며 걸어간다.

수십억의 삶이 수십억의 방향으로 나아가고 있건만 해피엔딩은 수십억의 삶을 단 하나의 삶으로 귀결시킨다.

딸은 잠들었지만, 아빠는 뒤척인다. 깊어지는 것이 밤인지 고민인지 알 수 없다. 나는 다만 바랄 뿐이다. 딸이 해피엔딩 하나에 얽매이지 않고, 다양한 길이 존재함을 배우기를. 인어공주 책에 등장하는 하인이나 시녀, 갈매기와 바닷가재의 삶 또한 아름답다는 사실을 알게 되기를. 그들의 삶 또한 각자의 삶 안에서 찬란하기에 우리의 세상이 이토록 반짝일 수 있다는 진실을 깨닫게 되기를. 나는 이 모든 마음을 곱게 접어서, 천사처럼 잠든 딸의 귓가에 속삭인다.

"사랑해, 잘 자렴, 예쁜 꿈 꿔."

과학 실험 한답시고 폐지 줍는 부녀

무더운 여름날, 딸이 책을 가져온다. 피곤한 아빠는 자는 척하지만, 딸의 눈길을 피할 순 없다. 딸은 아빠 팔뚝을 찰싹 때리고, 결국 아빠는 눈을 뜬다. 함께 책을 읽기 시작한 부녀. 책이 의외로 재미있다. 게다가 마지막 장에는 자녀와 함께할 수 있는 과학 실험이 소개되어 있다.

'나만의 지구본 아저씨' 만들기. 풍선과 신문지를 이용해 지구본을 만드는 실험이다. 우선 신문을 길게 자르고 접착제를 사용하여 신문을 풍선에 붙인다. 다음은 햇볕에 마를 때까지 기다리기. 종이가 바싹 말라서 굳으면 뾰족한 핀으로 풍선을 터트리고, 내부를 신문지로 채운다. 이어서 겉부분을 물감으로 색칠하면 나만의 지구본 완성! 무척 간단해 보인다. 완성된 지구본의 영롱한 자태에 홀랑 빠져든 딸이 말한다.

"아빠, 우리 이거 만들자!"

평소 같았으면 딸을 설득해서 안 했을 텐데, 이 기묘한 책은 아빠마저 유혹해버린다. 결국, 아빠는 돌이킬 수 없는 말을 내뱉는다.

"그래 당장 만들자!"

충동적인 아빠에겐 지금 당장 재료가 필요하다. 핵심 재료는 신문지, 풍선, 물풀. 셋 모두 집을 아무리 뒤져봐도 없다. 고민 끝에 다이소에 다녀오기로 한 아빠. 아내에게 딸만 데리고 다녀온다고 말한다. 당연히 아내는 오케이. 생각해 보니 내가 아내라도 좋을 것 같다. 어쨌든 부녀는 외출 준비를 시작한다. 밖은 덥다. 그러므로 옷은 대충 입기로 합의 본다. 딸도 좋단다. 지금 딸은 흐물흐물한 잠옷이지만, 생각하기 귀찮은 아빠는 더운 날씨에 딱 적합한 옷이라고 칭찬해준다. 이제 신발장. 베이지색 크록스가 보인다. 딸은 아빠에게 크록스를 신자고 제안하고 아무 생각 없는 아빠는 콜을 외친다.

다이소에 도착하자마자 파티 물품이 진열된 장소로 간다. 여러 가지 풍선들이 눈에 아른거린다. 아무거나 고르려는데 아빠 손을 잡아당기는 딸. 그러더니 조그만 손가락으로 무지갯빛 풍선을 지목한다. 아빠는 생각이 없으므로 딸이 시키는 대로 움직인다. 풍선만 사려고 했는데 하트 스티커 두 봉지를 집어오는 딸. 아빠는 더우므로 그냥 가만히 내버려 둔다. 아빠는 물풀을 장바구니에 담고, 언제 담겼는지 모를 마이쮸를 발견한다. 아빠는 모른 체한다. 이제 계산할 시간. 풍선을 꺼내고 물풀을 꺼낸다. 하트 스티커 두 봉지와 마이쮸를 꺼내고, 또 다른 행사용 풍선을 꺼낸다. 꼬리에 꼬리를 물고 나오는 딸의 물품들. 딸바보 아빠는 영혼이 가출한 상태로 팔천 원을 결제한다.

이제 신문지를 구해야 할 시간. 아스팔트에서 열기가 피어오른다. 딸은 크록스를 신었으므로 불쾌지수가 상당히 올라온 상태. 아빠는 트렁크에서 접이식 유모차를 꺼낸다. 안전하게 공주님을 탑승시키고. 햇볕이 따가우므로 유모차 지붕을 덮어준다. 딸이 만족한 듯 아빠에게 미소를 보낸다. 뿌듯하다. 딸의 사랑을 받은 아빠의 뇌는 더욱 마비되고. 크록스를 질질 끌며 하염없이 걷기 시작한다. 그런데 어디로 가야 하지.

좀비 아빠는 유모차를 밀면서 인근 편의점에 간다. 신문지는 없다. 다시 나와서 다른 편의점에 간다. 역시나 신문지는 없다. 혹시 버스터미널에는 있을 것 같아서 일 킬로미터를 걸어간다. 이곳에도 신문지는 없다. 멘붕에 빠진 아빠. 그제야 인터넷 검색한다. 요즘에는 신문 구하기 어렵다는 기사가 제일 먼저 보인다. 쓸모없는 정보다. 지금 아빠에겐 어딜 가야 신문을 구할 수 있는지가 필요하다. 계속 검색한다. 일부 편의점이나 터미널에 있다고 하는데, 이 또한 의미 없는 정보다. 쓸모없는 정보에 지친 아빠는, 일단 마을을 돌아보기로 한다. 길거리에 버려진 신문 한 부를 발견하길 기대하면서.

한 시간을 걸었다. 유모차를 밀면서. 이쯤 되자 유모차를 미는 것인지, 유모차가 나아가는 관성에 의해 내가 끌려가는 건지 모르겠다. 아무튼, 아파트 단지 분리수거장에 혹시 버려진 신문이 있는지 살펴보았으나 실패. 아니 신문지가 이렇게 희귀한 물건이었나. 병원 앞에도, 경찰서 앞에도, 소방서 앞에도 없다. 대체 신문지는 어딨냐며 따지는 딸. 아빠는 군색하게 변명한다. 분명 아빠 어릴 적엔 신문이 많았는데, 왜 이렇게 안 보이는지 아빠도 모르겠다고. 그러자 딸이 퉁명스럽게 대꾸한다.

"아빠 어릴 적에 많았다는 신문, 그거 다 어쨌어!"

이게 대체 무슨 말이지. 더위를 맛있게 먹는 바람에 이해력이 떨어진 아빠는 헛소리로 대응한다.

"미안해, 아빠가 신문지를 지키지 못했어, 어쨌든 빨리 찾을게."

딸은 '흥칫뿡'을 발사하고. 아빠는 유모차를 밀며 온 동네를 누빈다. 땡볕에 얼굴이 익어간다. '이럴 줄 알았으면 모자 좀 쓰고 나올걸'. 크록스를 맨발로 신었더니 발바닥도 익어간다. '아, 양말 좀 신고 나올걸'. 헐벗고 나온 아빠는 졸지에 홍시가 된다. 분리수거장을 뒤지는 모습이 안쓰러워 보였는지 지나가던 어느 할머니가 혀를 차며 말한다.

"쯧쯧, 아직 젊어 보이는데 아이랑 같이 폐지 찾으러 다니네……. 불쌍해서 어쩌누."

엥, 내가 지금 무슨 말을 들은 거지.

젠장. 신문지는 어디에도 없다. 갑자기 울리는 휴대전화 벨 소리. 딸 데리고 대체 어딜 간 거냐며 캐묻는 엄마. 그러더니 카페라테 한잔 사 오란다. 오늘 외출 목적을 달성하지 못한 아빠. 거지꼴로 단골 커피집에 들어간다. 사장님은 넋 나간 내 표정을 보더니 자초지종을 묻고. 아빠는 푸념을 늘어놓는다. 그 순간 눈에 들어온 신문 뭉치들. 저 멀리 매장 구석에 신문지들이 잔뜩 쌓여 있다. 딸과 과학 실험을 해야 하는데 신문지를 구하지 못했다는 안타까운 사연에, 사장님께서 신문지를 잔뜩 주신다. 사장님 만세.

주차장에 차를 댄다. 아파트 공동현관문 비번을 누르고. 열리길 기다리는 잠깐의 시간. 이상하게 많이 걸은 것 같아서 건강 앱을 열어본다. 액정 위에 찍힌 일만을 훌쩍 넘어선 숫자. 나는 발바닥이 왜 아픈 건지 대번에 납득한다. 공동현관문이 열리고, 어둑했던 로비에 불이 켜진다. 반짝이는 우편함. 그 아래 버려진 신문지 뭉치가 비로소 존재감을 드러낸다.

"아빠, 여기 신문지 엄청 많아!"

딸의 외침에 아빠는 헛고생을 아름다운 추억으로 둔갑

시킨다. 눈물겨운 아빠의 변명에 딸이 고개를 끄덕인다. 그러면서 하는 말.

"아빠, 그런데 나 현관 나오면서 이 신문 봤어. 아빠는 당뇨라 운동시키려고 아무 말 안 한 거야."

우리 딸이 이렇게 효심이 깊다. 덕분에 오늘 아빠 수명이 하루 줄었다.

손끝에 걸린 달, 손가락만 보는 아빠

유난히 피곤하다. 허리 높이의 바닷물에서 딸의 튜브를 밀어줬기 때문일까, 아니면 뜨거운 백사장을 맨발로 뛰어다녀서일까. 이유는 중요하지 않다. 오늘 하루가 어땠든, 내 몸은 축 늘어져 정신의 통제를 거부한다. 격하게 쉬고 싶다. 하지만 지금은 불가능하다. 통제 불능의 몸을 질질 끌고 산책에 나선다. 해가 바다를 넘었지만, 나가야 한다. 이유는 단 하나, 우리 집 공주님의 명령이니까.

제주도는 밤에도 산책할 곳이 많다. 평소엔 장점이지만, 지금은 잔혹하다. 하필 날씨도 좋다. 구름 한 점 없는 하늘에서 별빛이 백사장을 비춘다. 아내와 딸에겐 환상적인 밤, 내겐 고된 밤. 동상이몽에 빠진 우리 가족은 그렇게 해변 백사장을 걷기 시작한다. 원목 데크 위를 타닥타닥 뛰어가는 소리가 아련하게 들린다. 마치 탭댄스를 추는 것처럼, 딸의 경쾌한 발걸음이 알파파가 되어 내 눈꺼풀을 잡아당긴다. 이럴 수가, 걷다가 졸아서 넘어질 뻔했다. 아내가 정신 차리라며 손바닥으로 내 등판을 찰싹 때리고, 딸은 내 뱃살을 꼬집는다. 겨우 정신 차린 나는 계속 걷는다.

데크가 끝나고 모래사장이 시작되는 경계. 딸이 날 바라본다. 말하지 않아도 안다. 나는 얼른 딸 앞에 무릎을 꿇고, 딸을 어깨 위에 올린다. 우리 공주님 발에 모래를 묻힐 순 없다. 만족한 딸은 내 머리카락을 휘저으며 애정을 표현하고, 손가락을 뻗어 우리 가족이 나아갈 방향을 제시한다. 다시 출발. 아뿔싸. 한 걸음씩 걸을 때마다 발이 푹푹 빠진다. 삐질삐질 흘러내리는 땀. 그러나 아빠가 약한 모습을 보일 순 없다. 아내와 딸에게는 하나도 힘들지 않다고 거짓말을 하며 계속 걷는다. 다리에 쥐가 나려는 순간, 다른 데크 길이 보인다. 야호! 나이스 타이밍이다. 그러나 절대 내색해선 안 된다. 나는 전혀 힘들지는 않지만, 데크 길이 나왔기 때문에 걸어가야 한다는 군색한 논리로 딸을 내려놓는다. 딸이 나를 바라본다. 아내와 딸은 아무것도 모른다. 어둠이 내 표정을 숨겨준다. 윗도리를 들어 얼굴과 목의 땀을 닦는다. 이 격렬한 움직임도 어둠 속에 감춰진다. 다행히 아빠 뱃살을 포함한 여러 가지 비밀 또한 지켜진다.

얼마나 걸었는지 모르겠다. 물에 물 탄 듯, 술에 술 탄 듯 아내와 딸이 걷는 길을 따라간다. 한참 걷는데 갑자기 멈춰 서서 하늘을 보는 딸.

"달이 뚱뚱해졌어. 곧 엄마가 될 건가 봐."

몹시 흥분한 딸의 외침에 흐느적거리며 뒤따라가던 나는 하늘을 본다. 반달에서 보름달이 되어가는, 노란 달이 날 보며 웃고 있다. 아니 보름달에서 반달이 되어가는 건가? 매번 헷갈린다. 헷갈린 만큼 무심했음을 인정한다. 달의 변화를 감지하지 못하고, 아무런 감흥도 없는 나는 감정 불구라 불려도 할 말이 없다. 다시 내 시선은 몇 걸음 앞을 향한다. 아내와 딸이 손을 잡고 걷는다. 딸은 달을 가리키다 엄마의 배로 손길을 옮긴다. 딸의 손끝에 무언가가 매달려 있지만, 나는 보지 못한다. '견지망월(見指忘月).' 달이 아닌 손가락만 보는 내 모습과 다를 게 없다.

그렇게 손가락 이면의 평행 세계를 상상한다. 딸이 존재하지 않는 삶. 무엇이든 내 마음대로 할 수 있는 자유가 있고, 평화로우며, 평안한 삶이다. 위기가 없는 삶, 투쟁이 부재한 삶, 영원히 얼어버린 삶. 이곳에서는 생각도 멈추고 행동도 멈춘다. 그러므로 죽음이다. 아마 딸이 없었더라면 나는 움직이는 시체처럼 세상을 돌아다니고 있었으리라. 이런 생각은 딸이 있기에 가능한 생각이다. 하나의 존재란 언제나 그 이면에 부재의 존재를 품고 있으므로, 존재와 부재는 서로를 지탱하는 버팀목이다. 그렇기에 딸이 없는 상태에서는 이런 생각이 피어나지 않는다. 부재가 존재에 앞설 수는 없기 때문이다. 생각이 꼬리를 물며 딸의 존재는 점차 선명해진다. 흑백 스케치에 색을 입히듯.

그러므로 생생하게 실존하는 딸이란 꽝꽝 얼어버린 아빠를 부수는 파쇄기다. 강렬한 힘으로 얼어버린 아빠의 삶에 균열을 만든다. 그리고 침투한다. 차가운 피가 흐르는 아빠의 혈관에 태양을 품고 있는 딸의 피가 흘러든다. 물에 잉크를 떨어뜨렸을 때 검정 빛이 확산하듯 아빠의 몸에도 펄떡이는 생동감이 깃든다. 딸이 아빠의 머릿속 수도꼭지를 틀었다. 오래전 잠가버린 어린 시절의 기억이 그동안 막혀 있었음에 복수라도 하듯 쏟아져 내린다. 나는 피부에 흘러내리는 물줄기를 느끼며 사람의 일생에도 밀도가 있다는 생각을 한다. 딸은 탄생에 가까우므로 밀도가 높고, 아빠는 죽음에 가까우므로 밀도가 낮다. 아빠만 있었더라면 밀도가 점점 낮아져서 결국 흐릿하게 사라졌을 텐데, 딸의 밀도 덕분에 아빠의 밀도는 채도를 유지한다. 그리하여 딸은 구원이 된다. 양철 기사인 아빠의 텅 빈 가슴에 따뜻한 심장을 넣어준 나의 구세주.

엄마와 다정하게 이야기를 나누던 딸이 고개를 돌려 나를 바라본다. 잉크처럼 번지는 따뜻한 미소. 딸의 팔이 들어 올려지고, 손가락 끝이 나를 향한다. 뭉툭한 아빠지만 이번에는 알아챘다. 손가락 끝에 무엇이 걸려 있는지.

'고민'에 관한 실질적인 조언

축제에 놀러 갔는데 딸이 잠들면, 계속 안아 주자. 딸과 함께 새로운 애정이 새록새록 돋아날 거다. 아내와 딸이 싸울 땐, 그냥 망가지자. 우스운 아빠이자 남편이 되는 게 최선이다. 놀이방을 정리해보자. 딸의 시선에서 다양한 깨달음을 얻을 수 있다. 여자들의 대화를 이해하려 들지 말자. 그냥 받아들이는 게 속 편하다. 아빠에게 딸은 신앙이다. 목말 태우고 양치를 시키면서 깨닫게 된 진리다. 잠자리 독서를 하면서 절대 꼼수를 부리지 말자. 딸은 귀신같이 알아챈다. 동화책을 읽어줄 때는 엑스트라의 삶에 관해서도 이야기를 나눠보자. 단 하나의 해피엔딩이 아니라 무수히 많은 해피엔딩을 느끼게 해줄 수 있다. 과학 실험은 집에서 하지 말자. 준비하다가 망한다. 딸의 시선을 유심히 관찰하자. 아빠 마음속 닫힌 성장판을 열어준다.

4장

놀이는 결코 끝나지 않는다

전쟁을 잘하는 사람은 패배하지 않을 곳에 서서 적의 패배를 놓치지 않는다. 이 때문에 전쟁에서 이기는 군대는 먼저 승리를 준비한 뒤에 전쟁을 한다.

—손자병법 형(形) 편—

전쟁에 돌입하면 승리해야 한다. 이를 위해 모든 국면을 아군에게 유리하게 만들어야 한다. 특히 행동을 취하기 전에 미리 준비하는 것이 중요하다. 아이와 놀아 주는 일도 마찬가지.

아빠와 딸 모두의 승리를 위해서는 세심한 계획이 필요하다. 일상에서 경험하는 여러 가지 놀이는, 삶의 우여곡절을 시뮬레이션함으로써 딸의 사회성을 길러 주기 때문이다. 4장은 바로 이런 '놀이' 이야기다.

술래가 지켜야 할 시집살이 삼 원칙

우리 집은 작지만 의외로 사각지대가 많다. 확장형 아파트가 아니라서 앞 베란다와 뒤 베란다가 있는 구조. 방과 베란다, 베란다와 거실이 오밀조밀하게 붙어 있는 터라, 어찌 보면 미로 같기도 하다. 게다가 방마다 온갖 물건이 넘쳐난다. 시시때때로 발로 걷어차이는, 동정심을 절로 불러일으키는 우리 집 물건들. 잠시 애도를 표한다. 뭔가 따가운 느낌이 들어 살짝 돌아보았더니, 녹색 커튼이 나에게 레이저를 쏘고 있다. 잠시 커튼을 위해서도 묵념한다. 번잡한 우리 집. 이런 환경은 약간의 불편을 주지만, 한 가지 측면에서는 큰 장점으로 작용한다. 아이와 놀아 주는 일이 그것이다. 그렇다. 우리 집은 숨바꼭질에 최적화된 구조다.

집에서 놀아줄 때 한 가지 놀이만 하지 않는다. 딸이 쉽게 지루함을 느끼기도 하고, 놀아 주는 나도 힘들기 때문이다. 그래서 딸과 놀아 주기 전에 몇 가지 놀이를 어떻게 할 것인지 대충 머릿속에 구상하고 놀이 생활에 돌입한다. 물론 실시간 딸의 기분에 따라 달라지긴 하지만 말이다. 아니, 사실 거의 바뀐다. 그런데 계획이란 게 이런 거 아니겠나. 그 옛날 프로이센의 참모총장이었던 '헬무트 폰 몰트케'는 이렇게 말했다. 아무리 훌륭한 전투 계획이라도 첫 총성이 울리는 순간 쓸모가 없어진다고. 생각해 보니 인생 전체로 확장해보아도 크게 어색하지 않다. 그러니 얼마나 놀라운가. 놀이 생활에 국한해놓고 본다면, 총성이 울려도 매번 살아남는 계획이 있으니. 아빠와 딸을 모두 만족시키는 전설적인 놀이, 바로 '숨바꼭질'이다.

우리 집 놀이 생활에 있어서 숨바꼭질의 위상은 독특하다. 매일매일 반복되는 고된 놀이 생활을 견디게 해 주는 비타민 같기도 하고, 떨어진 활력을 다시 올려 주는 박카스 같기도 해서다. 왜 유독 숨바꼭질을 할 때만 이런 기분이 드는 걸까. 나는 먼 옛날을 떠올린다. 저 멀리 수렵 채집 활동을 하는 형님들이 보인다. 무언가를 쫓아다니고, 무언가로부터 쫓긴다. 무언가로부터 숨고, 무언가를 찾는다. 그곳에서 피어나는 긴장감 혹은 스릴. 그냥 삶 자체가 숨바꼭질인 형님들의 모습을 보면서 생각한다. 혹시 이건 인간의 본성일까. 시야를 조금 넓혀본다. 약육강식의 세계라는 동물의 삶. 마찬가지로 숨바꼭질이다. 그럼 이건 생물의 본성일까.

워워. 너무 나갔다. 나는 유체이탈한 영혼을 억지로 육체에 때려 넣는다. 기원은 중요하지 않다. 원리나 이론은 그냥 모델일 뿐이다. 우리 삶의 의미는 '지금 여기 이 순간'에 있으므로, 나는 내 앞에 있는 딸을 본다. 마치 엄마처럼 허리에 손을 바짝 올리고 눈을 똥그랗게 뜬 채 아빠에게 레이저를 쏘는 딸. 입이 열리며 불이 쏟아진다.

"아빠 딴생각 그만하고 놀아줘!"

문득 두통이 생긴 나는, 안 통할 걸 알지만 딸에게 떡밥을 던져본다.

"아빠 5분만 쉬면 안 될까?"

딸이 웃으며 말한다.

"안돼, 아빠는 쉬지 않고 나랑 놀아줘야 해!"

끙, 얄밉다. 활력이 몹시 떨어졌으므로. 지금이 바로 '숨바꼭질'에 돌입할 시간이다.

"아빠가 숫자 열까지 세고 찾을게. 얼른 숨어."

평소엔 아빠 말을 귓등으로 듣던 딸도, 이때 하는 말은 기막히게 알아듣는다. 갑자기 거실에서 이리 뛰고, 저리 뛰는 딸. 텔레비전 앞에 굴러다니는 얇은 여름 이불을 챙기고, 소파 옆 오리 인형을 챙긴다. 나는 실눈을 뜨고 그 광경을 보면서, 저건 대체 왜 챙기는 건지 의문을 가져본다. 하지만 나는 술래이므로 물어볼 수 없다. 이따 찾을 때 되면 알겠거니 하며, 계속 숫자를 센다.

"하나, 둘, 열."

숫자를 다 세자 아이 방에서 목소리가 들린다.

"아빠! 아직 안 숨었어, 아직 찾으면 안 돼!"

나는 알았다고 말하며 기다린다. 방에서 연신 까르륵대는 소리가 새어 나온다. 아이 방에 있는 거울 옷장을 통해 딸의 행동이 훤히 보인다. 그러나 절대 아는 척하면 안 된다. 알아도 모르는 척, 들어도 못 들은 척, 봤어도 못 본 척. 어! 이거 어디서 많이 들어본 말인데. 이것 시집살이 삼 원칙 아니었나.

한참 잡생각을 하고 있는데 딸이 외친다.

"아빠! 다 숨었으니 찾아."

이 순간, 아빠는 짙은 회의에 빠진다. 찾아야 하나. 어디 숨었는지 다 봤는데. 어느 타이밍에 찾아야 하지. 그래, 타이밍. 이거 중요하다. 예전에 멋모를 때, 딸이 숨자마자 찾았다가 며칠을 고생한 기억이 떠오른다. 아무튼, 최대한 늦게 찾기로 마음먹고 무거운 몸을 일으킨다.

사냥의 시간, 늑대는 살금살금 토끼 방으로 간다. 이때 효과음은 필수다. 토끼의 심장을 쫄깃하게 만들어 주기 위해서다. 늑대는 살짝 부끄럽다. 자신의 행동과 감정을 구체적으로 외쳐야 하므로.

"아빠가 지금 방으로 가고 있네, 어디 숨었을까?"

이 지점에서 늑대는 딜레마에 빠진다. 늑대의 눈은 정확하게 침대 위, 얇은 이불 아래 꿈틀대는 아이 모양의 형체에 달라붙어 있다. 게다가 한쪽 발이 이불 밖으로 튀어나와 있는 모습이라니. 늑대는 안타까운 마음에 이불을 조금 내려 살짝 발을 가려준다. 이불에서는 키득대는 소리가 연신 흘러나온다. 모를래야 모를 수가 없는데 몰라야 하는 괴로움. 늑대가 번민에 빠진 이유다. 그러나 손톱으로 허벅지를 뜯으며 꾹 참는다. 이건 사실 매우 어려운 일이다. 고대로부터 전승된 본능을 억누르는 행위이기 때문이다. 아빠가 아니라면 도무지 불가능한 상황. 아무튼, 늑대는 효과음만 계속 낸다.

"어디 숨었는지 아빠는 도저히 모르겠네, 대체 어딨지?"

가끔은 아내도 등장시킨다.

"여보, 우리 딸 집 나갔나 봐요, 아무리 찾아도 없네?"

이불 속 웃음소리는 커져만 가고. 늑대는 속 터져 죽어간다.

5분 뒤, 빈사 상태에 빠진 늑대는 결국 토끼에게 항복한다.

"못 찾겠다 꾀꼬리!"

이불 속에서 뭔가 튀어나오려고 한다. 늑대는 서둘러 고개를 돌려 베란다 창 너머에 있는 먼 산을 바라본다. 기차 화통을 삶아 먹은 듯 우렁찬 웃음소리와 함께 짠하고 나타난 딸. 아빠 팔에 매달려 영웅담을 쏟아낸다. 자기가 너무 꽁꽁 잘 숨어서 아빠가 못 찾았다는 둥, 아빠에게 잘 숨는 방법을 알려 주겠다는 둥, 숨을 참고 몸을 움직이지 않으려면 이렇게 해야 한다는 둥. 아빠는 기가 막히지만, 겉으로는 격하게 동의해준다.

"그럼 그럼 우리 딸 잘 숨네. 대단하다."

딸의 미소는 더욱 짙어지고, 엄마에게 쪼르르 달려가 다시금 영웅담을 풀어낸다. 그걸 보는 아빠도 미소를 짓는다. 엄마와 딸의 대화 장면이 훈훈해서? 아니다. 아빠가 웃는 이유는, 잠깐 쉴 시간이 생겨서다. 엄마야, 이제 엄마가 놀아줄 시간이다. 후훗.

그네 타면서 느낀 진정한 얼차려의 맛

딸은 그네타기를 매우 좋아한다. 그러나 놀이터에 설치된 그네는 단 두 개. 경쟁이 치열하다. 만일 누군가 타고 있어서 기다려야 하는 상황이면, 온갖 생떼를 받아줘야 한다. 전두엽이 덜 발달한 아이는 설득이 통하지 않는다. 그러므로 아빠는 어린이집에서 놀이터에 이르기까지 걸어가며 기도한다. 제발 그네 타는 친구가 없도록 해달라고.

그네 탈 확률을 획기적으로 높일 방법이 있긴 하다. 어린이집 하원 시간이 오후 다섯 시인데, 그보다 빨리 하원을 시키는 것이다. 네 시나 네 시 반쯤. 이때 가면 백 퍼센트의 확률로 그네를 탈 수 있다. 하지만 이건 금단의 방법. 어린이집에 자녀를 보내는 모든 부모에게 설문 조사를 한다면 대부분이 이른 하원을 거부할 것이다. 나 또한 마찬가지다. 이건 감옥에 갇힌 사람의 형량을 늘리는 일과 비슷하므로. 더 놀아 주기 싫어서가 아니다. 딸을 덜 사랑해서도 아니다. 진짜 문제는 아빠의 체력이 기하급수적으로 빠지는 일. 아빠의 시간은 오후 다섯 시까지 보장되어야 한다. 정신과 육체가 빠르게 소진되는 걸 막기 위해서다. 딸과 놀아 주면서 번아웃에 빠지는 어처구니없는 일은 막아야 하지 않겠나.

이런 맥락에서 그네는 아빠에게 참 좋은 놀이기구이다. 대부분 손만 까닥하면 되기 때문이다. 적은 노력으로 아이의 폭소와 더불어 참새 짹짹 소리를 유발할 수 있다. 가끔 이런 생각도 한다. 그네 바닥이 침대라면, 누워서 발로 밀어줘도 좋을 텐데. 그네 밀어 주는 시간은 명상의 시간이기도 하다. 딸의 뒤에서 밀고, 또 밀고. 그럼 무념무상, 무아지경에 빠진다. '그네 멍'이라고나 할까. 여기에 노을까지 가미되면, 키야! 마치 산 중턱에 있는 천년고찰 마당에 앉아 수련하는 일이 따로 없다. 앞에선 딸이 단진자 운동을 하고 있다. 지구의 중력이 나를 도와준다. 바쁘고 고된 놀이 생활 가운데 마음의 평화가 찾아오는, 그야말로 '망중

한(忙中閑)'이다.

아빠 같으면 천년만년 탈 수도 있을 것 같은데, 딸은 그렇지 않나 보다. 몇 분 안 되어 바로 지루함을 느낀다.

"아빠, 서서 탈래!"

아빠로서는 마른하늘에 날벼락. 서서 타면 대충 밀어줄 수가 없다. 아빠는 계속 천년고찰 앞마당에 앉아 수련하고 싶다. 딸은 마구니 인가. 겨우 본드로 붙여놓은 평정심에 다시 균열이 간다. 그네를 타는 방법에는 오만가지가 있다. 아빠 또한 소싯적에 그네타기의 달인이었던 터라, 기상천외한 방법으로 그네를 탔지만. 딸에겐 정도를 걷도록 하고 싶은 마음이라 조심스럽게 제안한다.

"서서 타면 위험해, 아빠 옛날에 서서 타다가 떨어져서 크게 다친 사람 봤어."

물론 뻥이다. 그런 사람을 내가 직접 본 적은 없다. 그러나 안전에 관해서는 작은 확률도 무시하면 안 되는 법. 딸바보 아빠로서는 중요한 문제다. 절대 그네를 밀어 주기 싫다는 게 아니고.

누가 우리 딸 전두엽에 프로포폴 주사를 놓았나. 안전을 고민하는 아빠의 말에 격하게 반응하는 딸. 사실 이럴 줄 알았으나, 아빠가 조금 욕심을 부려봤다. 아빠는 빠르게 포기한다. 딸은 이미 그네 위에서 일어났으므로. 이왕 이렇게 된 거 백수의 왕 사자로 빙의하여 아기 사자를 강하게 키워보기로 한다.

"아빠가 엄청 세게 밀어줄 건데 꽉 잡아!"

참 신기하게도, 우리 딸은 겁이 별로 없다. 아빠가 세게 밀어준다는 소리에 그저 신나서 환호성을 지른다.

"아빠 좋아!"

참 내, 이럴 때만 좋단다. 아무튼, 아빠는 그네 밑동을 꽉 잡은 채 단번에 앞으로 뛰어나가며 그네를 민다. 각도로 따지면 아마 80도 정도. 바로 옆자리, 소심하게 그네를 타던 남자아이가 이 모습을 보고 기겁한다. 그 아이의 각도는 대략 20도 정도이니 놀랄 만도 하다. 그런데 갑자기 남자아이가 엉엉 운다. 딸이 타고 있는 그네가 무섭다나 뭐라나. 놀이터에서 배회하는 엄마들의 눈동자가 일제히 나를 향하고, 나는 졸지에 아이를 울린 아저씨가 돼버렸다.

서서 타는 것도 지루해진 딸. 아빠를 호출한다.

"아빠 우리 같이 타자."

올 것이 왔다. 처음 멋모르고 같이 탔을 때가 떠오른다. 아빠와 딸이 그네를 같이 타면서 두런두런 덕담을 주고받는, 그런 로망을 꿈꿨더랬다. 그런데 웬걸. 시작한 지 10초도 안 돼서 로망은 산산조각이 났다. 내가 먼저 그네 의자에 앉고 딸이 내 무릎 위에 앉는다. 사실 그때부터 느꼈다. '어, 이거 뭔가 몹시 불편한데.' 이미 늦었다. 딸이 자리를 잡았으므로 다시 내려가라고 말하는 건 불가능. 타긴 타야 한다. 시작된 아빠의 발길질. 까르륵대는 딸. 저리기 시작한 허벅지. 허벅지 위에서 계속 미끄러지는 딸. 딸이 떨어지지 않게 다리를 쭉 펴고 계속 힘을 주는 아빠. 10초가 지나자 이런 생각이 들었다. '어. 이러다 허벅지 근육이 파열될 수도 있겠는데.' 그 정도로 심각한 상황이었다. 어찌나 위기감이 들었던지, 군대에서 '쪼그려 뛰기' 하던 추억이 떠올랐다. 이러니 같이 그네 타자는 딸의 제안에 기겁할 수밖에. 아빠는 설득을 시도한다. 그네로 바이킹을 타자는 둥, 그네를 꽈배기처럼 말아서 빙글빙글 돌아보자는 둥. 다양한 제안을 해보지만 우리 공주님은 모든 제안에 거부권을 행사한다. 막다른 골목에 다다른 아빠. 결국, 딸에게 조건을 건다.

"그럼 아빠 허벅지 다쳤으니까, 조금만 타자."

딸은 밝게 웃으며 고개를 격하게 끄덕인다. 아, 불안하다. 딸을 믿어야 하나. 자주 뒤통수를 맞은 아빠는 불안한 마음을 부여잡고 그네 같이 타기에 돌입한다.

이럴 줄 알았다. 허벅지가 아려온다. 딸은 아빠의 허벅지와 정강이 사이에서 미끄럼틀을 탄다. 마법의 미끄럼틀. 아빠가 뒤로 80도 각도를 이루면, 딸은 허벅지에서 정강이로 미끄러지고, 아빠가 앞으로 80도 각도를 이루면, 딸은 정강이에서 허벅지로 미끄러진다. 그러니까 이건 그네타기와 미끄럼틀 타기의 하이브리드다. 내가 딸의 입장이라면 너무 좋아했을 것 같다. 그러나 현실은 아빠이므로. 그저 힘들다. 한계에 다다른 아빠는 딸에게 애원한다.

"아빠 죽을 것 같은데 잠깐 쉬면 안 될까."

딸은 묵묵부답. 오히려 더욱 익스트림한 행동으로 아빠에게 충격을 안긴다. 이를테면 한쪽 팔을 그넷줄에서 떼는 일 같은. 이러면 아빠는 다리에 한껏 힘을 줘야 한다. 고통은 동류(同流)의 추억을 소환하는 법. 나는 삽시간에 20년 전으로 돌아간다. 하필이면 얼차려를 받는 순간이다. 내 앞의 교관이 매정하게 말한다.

"쪼그려 뛰기 100회 실시!"

그런데 이상하다. 자세히 보니 교관 얼굴이 내 딸을 닮았다.

도망치다가 딸에게 잡히는 순간

쫓고 쫓기는 술래잡기는, 숨고 찾는 숨바꼭질과 비슷한 놀이다. 술래가 있고 누군가를 건드리거나 발견해야 한다는 점에서 그렇다. 물론 숨바꼭질처럼 심장이 쫄깃한 느낌은 덜 하다. 그러나 술래에게 잡힐락 말락 하는 긴장감이 엄청나다. 계속 뛰어다녀야 하기에 실내 놀이 생활에는 다소 적합하지 않다. 문득 이런 생각이 든다. 오랜 옛날, 수렵채집 사회에서도 술래잡기를 즐겨 했을 거라는. 분명 사냥감을 잡으러 다녔을 테니 말이다. 그때는 사냥감을 발견하고, 쫓아가고, 화살이나 창으로 사냥감을 잡은 뒤, 집으로 돌아가서 불에 구워 먹었으리라. 이 과정에서 재미가 극대화되는 지점은 어디쯤일까. 사냥감을 발견하거나 사냥감을 잡은 뒤라면 이미 모든 변수가 통제되어 있으니 상황은 불변. 재미를 느낄 일이 없다. 인간이 재미를 느끼는 상황은 불확실성에 자신의 의지가 개입되어 확실성으로 바뀌는 바로 그 지점이 아닐까. 그러니까 사냥감을 잡기 '직전'과 '직후' 말이다. 흥미롭게도 술래잡기는 바로 이 지점을 적확하게 포착하여 진화한 놀이 같다.

호모 사피엔스의 시작부터 있었을 법한 놀이가, 지금 이 순간 나에게로 이어졌다. 광활한 숲이나 들판에서 이루어지던 위험천만한 놀이는, 정해진 구역의 우레탄 바닥에서 이루어지는 안전한 놀이로 진화했다. 현대인에게 필요한 것은 오직 표백된 '스릴'이기에, 다른 변수는 모두 통제된다. 가끔은 이런 생각도 든다. 내가 딸을 너무 온실 속의 화초로 키우는 것은 아닐까. 인간이 적응의 동물이라는 점을 생각해 보면 험한 상황에 직면하고, 그걸 잘 극복해나가면서 성장하는 것일 텐데, '표백'이 딸의 성장을 막고 있는 것 아닐까. 그러나 한편으로는 이렇게도 생각해 본다. 험한 상황은 삶의 과정에서 자연스럽게 겪어가면 될 일이지 굳이 억지로 만들어 낼 필요 없다는 생각. 그러니까 이건 아빠의 양가감정이다. 양가감정에는 흐릿한 선이 존재한다. 선명하지 않다 보니 내 생각은 빈번하게 양쪽을 오간다. 단호하게 키우느냐, 오냐오냐 키우느냐. 우유부단한 나는 경계선에서 우물쭈물하다가 살짝 '오냐오냐' 쪽으로 무게중심을 이동시킨다. 그리고 '오냐오냐'란 말을 '자연스럽게'란 말로 고친다.

이 순간 나는 '진화'를 생각한다. 진화에는 어떤 위대한 계획이나 초월자의 의지가 없다. 이 말인즉슨 '적응'이 중요하다는 거다. 딸이 미래의 어느 시점에 어려운 상황에 부닥칠 걸 고려해서 지금의 딸에게 어려운 상황을 연습시킨다? 나는 무의미한 일이라고 본다. 왜냐하면, 그 '상황'이란 것이 똑같을 수가 없기 때문이다. 무한한 변수가 있다. 이건 백신을 만드는 일과 다르다. 예방할 수 없다. 그러니 중요한 것은 이거다. 지금 이곳, 우레탄 바닥 위에서 펼쳐지는 술래잡기에 최선을 다하는 일. 이거 결론이 너무 매끄럽다. 거창한 자기합리화일까. 아니다 지금은 이런 게 필요하다. 아빠의 정신승리 없인 현 상황을 버티기 힘들다. 삼십 분째 까르륵대며 뛰어다니는 형형색색의 건전지들. 도무지 방전될 기미가 없는 아이들을 보며 아빠는 한숨만 푹푹 쉬고 있다. 아빠는 나무 그늘 밑에 몰래 숨어서 생각한다.

'아. 딱 3분만 쉬면 좋겠다.'

"아빠 괴물, 거기서 뭐 해!"

내가 이럴 줄 알았다. 3분은커녕, 10초도 안 되어 농땡이 피는 걸 들켰다. 아빠는 엉거주춤한 자세로 일어나면서 딸에게 변명한다.

"어, 아빠 괴물이 잠시 다리에 쥐가 나서 주무르고 있었어."

이 말을 들은 딸의 뺨이 붉어진다. 아빠가 안쓰러웠던 것일까. 딸의 입꼬리가 올라간다. 어 뭔가 불안하다. 이윽고 귓속을 파고드는 딸의 매정한 한마디.

"얘들아 아빠 괴물 지쳤으니 때려잡자."

쿵쾅쿵쾅. 이 굉음은 내 심장 소리일까. 아니면 지축을 울리며 몰려오는 건전지 군단 소리일까. 지금은 생각하는 것도 사치다. 일단 튄다. 그런데 머리를 쓰면서 도망쳐야 한다. 예전에 잡히지 않으려고 냅다 달린 적이 있었다. 당연히 잡히지는 않았으나 딸을 비롯한 아이들이 원망의 레이저를 쏘며 나를 마구마구 미워했더랬다. 또 한번은 곧바로 잡혀줬다. 그랬더니 요놈들이 플라스틱 칼과 물총으로 나를 마구 공격하는 것 아닌가. 그 번잡한 와중에 딸은 분필을 가지고 아빠 티셔츠에 그림을 그린다. 그날 집에 들어갔다가 아내에게 맞아 죽을 뻔했다. 그러므로 이런 전략을 써야 한다. 잡히긴 잡혀야 하는데, 최대한 늦게 잡혀야 하는.

아빠는 달린다. 뒤를 자주 돌아보면서 딸의 속도가 늦으면 늦게, 딸의 속도가 빠르면 빠르게, 닿을락 말락, 술래잡기의 기본 원칙을 지켜가면서 거리를 유지한다. 딸의 표정을 부단히 살핀다. 스릴에 즐거워하는 것인지, 너무 달려서 지친 것인지, 아빠가 안 잡혀서 지루함을 느끼는 것인지 적시에 포착하기 위해서다. 그러려면 딸의 눈 코 입을 유심히 바라봐야 한다. 이마에서 턱으로 흘러내리는 땀방울 하나까지도, 딸에게서 파생된 모든 비언어적 신호를 포착한 아빠는, 잡혀야 할 타이밍을 정확히 지목한다. 바로 지금이다. 아빠는 속도를 조금씩 늦춘다. 아빠와 딸의 간격은 가까워지고, 그와 비례하여 딸의 입꼬리는 올라간다. 아빠는 생각한다. 이 시간을 최대한 미뤄야 한다고. 마음 같아서는 시간을 면발 뽑아내듯이 길게 늘이고 싶지만 참아야 한다. 이건 딸에게 있어서 '성취'에 도달하는 순간이기 때문이다. 기쁜 마음으로 과정을 즐겼으니, 아빠를 붙잡음으로

써 강한 성취감을 느낄 수 있게 해줘야 한다. 과정과 성취는 패키지다. 과정 없는 성취는 공허하고, 성취 없는 과정은 맹목적이므로.

딸이 아빠를 잡기 직전, 딸의 입꼬리가 하늘로 치솟는다. 딸의 눈동자에는 초신성의 빛이 담겨 있다. 잘 익은 사과보다도 붉어진 뺨. 드디어 지구에 딸의 얼굴을 닮은 운석이 떨어진다.

"아빠, 잡았다!"

지구는 그저 웃는다. 충돌의 순간, 커다란 구덩이가 생겼지만 괜찮다. 그 안에서 운석이 활활 타오르고 있지만 하나도 뜨겁지 않다. 왜냐하면, 지금 이 순간은 과정이 성취로 화(化)하는 기적의 순간. 이건 마치 상전이(相轉移)와 같은 위대한 변화의 순간이기 때문이다. 지구는 운석을 끌어안은 채로 속삭인다. 너는 이토록 놀라운 '접촉의 순간'을 영원히 기억하게 될 거라고. 생을 살아가면서 그 어떤 아픔과 시련을 겪더라도 이 순간을 기억하며 기어이 일어서게 될 거라고. 아직은 딸이 알아듣지 못할 메시지. 그러므로 몸이 기억해야 한다. 아빠가 피곤함을 무릅쓰고 술래잡기를 반복하는 이유다. 미래의 딸이 '접촉의 순간'을 필요로 할 때마다 꺼내쓸 수 있도록.

승자가 정해져 있는 밥상머리 퀴즈쇼

아내가 예쁘게 밥을 차려놨다. 물론 내 것이 아닌 딸의 것이다. 나는 고급 레스토랑의 룸서비스 담당 직원으로 빙의한 다음, 원목 식탁 위에 아이용 수저를 가지런히 올려놓는다. 아뿔싸. 식탁 위에 어제 먹은 매생이 미역국 흔적이 보인다. 딸이 의자에 앉았을 때 저 흔적을 본다면 기분 나빠서 못 먹겠다고 도망갈 것이 분명하다. 그건 안될 일이다. 얼른 물티슈 한 장을 뽑아서 굳어버린 국물 자국을 닦는다. 잘 안 닦여서 식탁에 물을 조금 쏟은 다음 손톱 끝으로 긁어낸다. 그제야 깨끗이 지워지는 자국. 웨이터는 만족스럽게 아이용 컵에 물을 따르고 아이 전용 의자를 앉기 좋게 살짝 빼놓는다. 완벽하다. 이제 딸을 부른다.

"밥 먹자."

뭔가 그림 같은 장면이다. 마치 호수처럼 잔잔하고, 평온한 분위기. 바로 폭풍 전야다.

몇 번을 불러도 유유자적 자기 할 일만 하는 딸. 뭐 보통 놀고 있거나 텔레비전을 보고 있는 경우다. 킁킁. 뭔가 타는 냄새가 난다. 누군가 아내 의자 아래에 불을 피웠나 보다. 아내는 냄비처럼 부글부글 끓어가고, 내 속은 덩달아 타들어 간다. 냄비 뚜껑이 완전히 열리면 우리 집은 초토화된다. 여러 번 재앙을 경험한 나로서는 좌불안석. 서둘러 방법을 찾아야 한다.

딸에게 밥을 먹이려면, 지금 하는 일보다 밥 먹는 게 더욱 재미있다는 환상을 심어줘야 한다. 나는 재빠르게 머리를 굴린다. 딸을 즉각 유혹할 수 있는 게 뭐였더라. 일단 떠오르는 건 젤리나 사탕, 떠올리자마자 기각이다. 밥 먹기 전에 이런 걸 줬다가는 집에서 쫓겨날 수 있다. 밥을 다 먹으면 군것질거리를 주겠다는 제안은 나쁘진 않으나 양날의 검이다. 일부러 밥을 적게 먹는 때도 있고, 자꾸 대가를 제시하면서 먹이다 보면 대가가 없을 때 식사를 거부하는 경우가 생기므로. 이것도 기각. 그러면 남는 건 하나다. 바로 퀴즈 게임 하면서 밥 먹기다.

물론 처음부터 딸에게 퀴즈 게임 할 테니 밥 먹자고 하면 안 온다. 고도의 전술이 필요한 지점이다. 아이의 뇌는 전두엽이 덜 발달한 상태다. 그러니까 이성보다는 본능이 아직 우위에 있는 상태라 할 수 있다. 바로 그 본능을 자극해야 한다. '경쟁 심리'라는 본능을 능수능란하게 다루어야 즐거운 분위기 속에 밥을 먹일 수 있다. 생각을 마친 나는 아내에게 슬쩍 눈빛을 보낸다. 아내는 무슨 뜻인지 알겠다며 고개를 끄덕인다. 가물에 콩 나듯 발견되는 이심전심의 순간, 내가 선공을 날린다.

"여보, 신데렐라에게 새언니는 몇 명이었을까요?"

조금 뜬금없지만, 거실이 울리도록 정확히는 딸의 귓속에 파고들도록 중저음으로 근엄하게 질문한다. 이때 나의 태도가 중요하다. 절대 딸을 바라봐선 안 된다. 뭔가 제발 먹어달라고 애원하는 느낌을 풍겨서도 안 된다. 시선은 아내에게 고정하고, 쫄깃해진 심장을 부여잡으며 평정심을 유지해야 한다.

이제 아내 차례.

"새언니가 몇 명이었더라? 음, 잘 모르겠네."

슬쩍 옆의 거울을 통해 딸을 바라본다. 딸의 시선이 식탁을 향하고 있다. 좋다. 이 정도면 꽤 긍정적인 신호다. 쐐기를 박을 순간. 나는 먹음직스러운 떡밥을 던진다.

"이 문제 맞히면 엄청난 선물이 기다리고 있는데, 바보는 못 맞히네요, 메롱!"

아뿔싸. 연기가 과했다. 아내는 정색하며 나를 노려본다. 에라 모르겠다. 일단 준비된 멘트는 다 한다.

"아무도 못 맞췄으니, 이 선물은 몽땅 아빠가…… 읍읍."

말이 끝나지도 않았는데 딸이 우당탕 달려와 내 입을 막는다. 그러면서 하는 말.

"신데렐라 새언니는 둘이야!"

위풍당당하게 외치는 딸. 오케이! 드디어 낚였다.

아빠는 딸의 의자를 손가락으로 가리키며 부드럽게 말한다. 문제 맞히기 놀이에 참여하려면 식탁 의자에 앉아야 하고, 대답하려면 손을 들어야 하며, 아빠가 답변하라고 할 때 말하면 된다고. 연신 고개를 끄덕이며 빨리하자고 보채는 딸. 이제 진짜 하고 싶은 말을 할 시간이다.

"상품은 바로바로, 세상에서 가장 맛있는 엄마가 해준 밥 한 숟가락이야. 어마어마하지?"

이것이 아빠 비장의 무기. 이름하여 '끼워팔기' 전술이다. 어감이 조금 안 좋으니 원플러스원이라고 하자. 아무튼, 딸은 지금 기대감에 흥분한 상태다. 드디어 밥 먹을 준비 완료.

게임을 시작한다. 긴장감이 흐르는 식탁. 아빠는 가볍게 출발한다. 디즈니 공주 문제로다가. 이를테면 라푼젤에 나오는 마녀 이름이 뭔지, 신데렐라가 유리 구두를 몇 시에 잃어버렸는지, 인어공주의 머리카락 색깔이 뭔지, 백설 공주가 뭘 먹고 쓰러졌는지, 오로라 공주가 뭐에 찔려서 쓰러졌는지 등등. 딸은 파죽지세로 모든 문제를 격파해나간다. 물개가 된 아빠와 엄마, 격하게 손뼉을 친다. 우리 딸 천재라는 둥, 신동이라는 둥, 딸 풍선에 잔뜩 바람을 불어넣는다. 모든 것이 아빠의 뜻대로 진행되고 있는 상황. 만족스럽다. 절대 딸이 모르는 문제를 내면 안 된다. 맞춰야 상품이 나오므로. 그래서 난이도 조절은 필수다.

일고여덟 문제 정도 맞혔을까. 딸 풍선이 너무 커졌다. 기고만장해진 딸이 아빠를 도발한다.

"아빠, 너무 쉽잖아. 더 어려운 문제 내줘."

아빠는 심각하게 고민한다. 자존심에 상처를 입었기 때문이다. 엄마는 아빠에게 레이저를 쏜다. 부부 사이에 연결된 블루투스를 통해 메시지는 성공적으로 전달된다. '참아라, 무조건 다 먹여야 해!' 아빠는 뜨끔 한다. 마음을 진정시키고 다시 문제를 내려는데, 딸이 이렇게 말하는 게 아닌가.

"아빤 바보야!"

딸이 아빠 이성의 스위치를 껐다. 분노한 아빠는 딸이 도저히 맞추지 못할 문제를 내기로 한다.

"공룡이 왜 사라졌을까?"

아빠는 회심의 미소를 짓고, 엄마는 고개를 절레절레 젓는다. 이어지는 딸의 대답.

"소행성이 지구에 떨어졌어, 화산이 폭발했고, 먹이가 없어져서 사라진 거야."

아빠는 말문이 막힌다. 어떻게 글자도 못 읽는 다섯 살짜리 아이가 이런 대답을 할 수 있는 걸까. 아빠는 도무지 이해가 가지 않아 딸에게 물어본다.

"이거 어떻게 알았어?"

딸이 한심하다는 듯 아빠를 한번 쳐다보고, 자기 방에 가서 공룡 책을 가져온다. 이럴 수가, 딸이 펼쳐서 보여준 페이지에 딸의 답변이 그대로 쓰여 있는 게 아닌가. 알고 보니 엄마가 이 책을 수없이 반복해서 읽어줬고, 딸은 흥미로운 그림과 함께 엄마의 이야기를 통째로 외워버린 것이었다. 어안이 벙벙한 아빠를 보며 딸이 말한다.

"아빠는 바보야, 그러니까 책 좀 읽어!"

그래, 어이없지만 인정한다. 오늘의 우승자는 딸이다. 아빠는 딸의 승리를 선포하고 숟가락으로 마지막 상품을 전달한다. 이쯤 되면 진정한 우승자는 아빠가 아닐까 생각하며.

사랑해서 상처에 소금 뿌린다는 딸

평온한 주말. 나는 세상 편한 자세로 소파에 누워서 자고 있었다. 정확하게는 자다 깨기를 반복하는 비몽사몽 상태. 이것도 아니고 저것도 아닌 모습이 어지간히 얄미워 보였나 보다. 식탁에 앉아 과일을 깎던 아내는, '존 윅'을 10% 정도 닮은 누군가에게 암살 지령을 내린다.

"아빠 깨워!"

마지막 느낌표에 살기가 서려 있다. 아내의 지령을 받은 딸은 기어코 임무를 완수하겠다는 각오를 다진 채 출동 준비를 한다. 군대에는 '임무형 지휘'라는 게 있다. 그러니까 상관이 작전 목적을 대충 알려 주면, 부하는 그걸 찰떡같이 알아듣고 실행에 옮기는 거다. 이러면 부하는 최대한의 자율성을 보장받게 된다. 실시간 변화하는 상황에 민첩하게 대응할 수 있는 지휘 방식. 다만 전제 조건이 있다. 부하가 결단력 있고 과감해야 한다는 것. 하필이면 우리 딸이 이런 자질을 타고날 게 뭐람. 나는 불안한 마음에 실눈을 뜨고 아내와 딸의 속닥거림을 지켜본다.

딸이 살금살금 놀이방으로 들어간다. 나는 딸이 뭘 하나 궁금해서 몰래 따라간다. 자기 옷장을 열고 신중하게 복장을 고르는 딸. 내 눈에는 색깔만 다르지 전부 공주 복장이다. 그런데 어디서 많이 본 광경이다. 배트맨과 아이언맨에서 본 것 같다. 브루스 웨인이 저택의 비밀 공간에서 배트맨으로 변신할 때, 주위엔 온통 비슷해 보이는 검정 슈트뿐이었다. 아이언맨도 변신할 때 연구실에서 복장을 골랐더랬지. 아마 저 공주 복장에는 아빠가 모르는 특별한 기능이 있을 거다. 배트맨의 날렵함과 아이언맨의 강인함, 뭐 그런 거 아닐까. 딸은 몇 가지 옷을 들어보고, 몸에 대 보더니 스판덱스 재질의 분홍색 공주 옷을 고른다. 민첩 수치를 높이려는 건가. 날렵해 보이는 그 모습에 벌써 닭살이 돋는다.

다음은 장비를 착용할 차례. 딸이 노란색 레모나 상자

를 연다. 이어서 보이는 놀라운 풍경. 먹다 남은 레모나 몇 개가 보이고 뽑기로 뽑은 천 원짜리 보석 두어 개가 보인다. 딸은 계속 내부를 뒤적거리고, 흐뭇한 표정으로 뭔가를 꺼내는데, 헉! 뾰족한 가시가 박힌 반지다. 저걸로 아빠의 뱃살을 찌르려는 걸까. 물론 플라스틱 재질이라 피는 안 날 것 같다. 부들부들 떠는 아빠. 그러거나 말거나 딸은 장신구 진열대 앞에 선다. 살짝 문을 열자 찬란하게 드러나는 왕관과 목걸이들. 하나같이 뾰족뾰족한 게 찌르기 좋게 생겼다. 아빠는 속으로 기도한다. 제발 저 몹시 아플 것 같은, 가시 다섯 개 달린 왕관은 고르지 말아다오. 딸은 잠깐 상념에 빠지더니 아빠의 기대를 무참히 짓밟고 아빠가 지목한 바로 그 왕관을 고른다. 분명 딸은 저 왕관을 쓰고 아빠 뱃살을 향해 코뿔소처럼 돌진하리라. 아직 실현되지 않은 미래지만, 왜 이렇게 생생한 현실처럼 느껴지는 걸까. 불안하다.

암살자는 준비됐다. 아빠는 서둘러 소파로 돌아가서 자는 척을 한다. 실눈을 떠보니 엄마가 딸의 복장을 확인해 주고 있다.

"우리 딸 예쁘다."

엄마의 입에서 기이한 말이 나온다. 암살 복장이 예쁘다니. 아빠는 식탁으로 쪼르르 달려가, 엄마의 충격적인 말을 교정해 주고 싶지만 지금 나는 자는 척을 해야 한다. 한편의 활극이 벌어질 예정이므로 마음의 준비를 단단히 한다. 딸이 다가온다. 발끝으로 소리를 죽인 채. 딸은 기어이 시끄러움을 발로 밟아 죽인 걸까. 이제 아무 소리도 들리지 않는다. 눈을 질끈 감는 아빠. 다행히도 딸이 잽을 날린다. 손으로 툭툭.

"아빠 자는 거 맞아?"

아빠는 살짝 고민에 빠진다. 딸의 질문에 고분고분 답변하면 괴롭히지 않으려나. 혹시나 하는 기대감에 작은 목소리로 대답한다.

"응, 자는 중이야."

꽤 자연스러웠다. 아빠는 아직 눈을 감고 있는 상태. 무의식적으로 미소를 짓는다.

"컥!"

갑자기 복부에서 느껴지는 따가움. 왜 슬픈 예감은 언제나 들어맞는 걸까. 소파에 누운 채로 아래를 내려다보니 딸이 왕관을 쓴 머리로 아빠 배를 밀고 있다. 문득 생각한다. 왕관을 무기로 사용하는 사람은 우리 딸밖에 없지 않을까.

미증유의 따가움. 그 기괴한 감각에 아빠는 몸서리친다. 왕관의 뾰족한 부분은 분명 고무 재질인데, 왜 이렇게 따갑지. 아빠는 의문을 품고 왕관과 뱃살이 맞닿아 있는 부분을 유심히 살펴본다. 어럽쇼. 왕관 옆에 반지가 보인다. 끝부분에 뾰족한 가시가 달린 바로 그것. 아빠는 능수능란한 딸의 전략에 감탄하고야 만다. 아빠가 인정한다. 딸아 너는 훌륭한 암살자란다. 그런데 그것과 별개로 너무 아프니 일단 도망치기로 한 아빠. 자는 척을 포기하고 냅다 안방으로 뛰어간다.

"악!"

아빠는 안방 문지방 앞에 나동그라진다. 무슨 상황이지. 몹시 당황한 아빠는 서둘러 발바닥을 확인하고. 오른쪽 발바닥 중앙에 미소짓고 있는 빨간색 레고 조각을 발견한다. 이런 젠장 지뢰를 밟았다.

아빠가 걱정됐는지 부리나케 달려오는 딸. 일그러진 아빠의 얼굴을 보더니 황급히 놀이방으로 달려간다. 그러면서 하는 말.

"아빠 조금만 기다려, 공주가 치료해줄게."

음, 몹시 아프지만, 딸의 다정한 말에 통증이 완화되는 기분이다. 그러나 내색하지 않는다. 아빠는 프로이므로 포커페이스를 유지해야 한다. 딸이 조금 더 관심 가져 주길 바라는 아빠의 욕심은 절대 아니다. 아무튼, 놀이방에서 뭐가 쏟아지고, 와장창 깨지고, 흐트러지는 소리가 교향곡처럼 온 집에 울려 퍼진다. 딸은 "찾았다!"란 외침과 함께 뭔가 수상쩍은 물건을 들고 아빠에게 달려온다.

"아빠, 아까처럼 누워서 눈감아봐."

나는 딸의 다정한 말에 헤벌쭉 웃으며 소파에 눕는다. 지금부터 치료를 시작하겠다는 딸. 발바닥에 달라붙은 레고 조각을 떼어내고 빨갛게 부은 자리에 뭔가를 탁탁 뿌린다. 뭘 뿌리는 걸까. 나는 궁금한 마음에 슬쩍 눈을 뜨고, 경악한다. 딸은 지금 내 상처에 소금을 뿌리고 있다. 물론 장난감 소금통이지만, 소름 끼칠 정도로 실제와 흡사한 소금통. 소금 알갱이와 소금 바스락거리는 소리가 그대로 재현된다. 이건 도저히 참을 수 없다. 딸이 알고 있는 잘못된 의학 정보를 수정해줘야 한다.

"상처에 소금 뿌리는 거 아니야."

그러자 딸이 하는 말.

"엄마가 아빠 상처에는 소금 뿌리는 거라고 했어."

정말 놀랍다. 추리 소설의 여왕 '애거사 크리스티'가 부활했나. 너무나 치밀한 암살 시도에 소름이 우수수 돋는다. 이건 혹시 아내의 큰 그림일까. 나는 고개를 돌려 식탁을 본다. 여유 있게 카페라테를 마시는 아내. 자세히 보니 입꼬리가 일 미리 올라가 있다.

시소 타고 구름 위로 날아오를 뻔

피 끓는 이십 대 후반, 군 지휘관이었던 나는 자존심도 세고, 체력에 대한 갈망도 컸기에 하루에 두 시간씩 헬스장에 가서 굵은 땀방울을 흘렸다. 무작정 운동만 한 것은 아니다. 뭔가 체계적으로 해보고 싶다는 생각에 근육 운동의 원리와 식습관도 공부했다. 그렇게 만든 나만의 운동 계획은 다음과 같았다. 월요일엔 가슴과 삼두 운동. 화요일엔 등과 어깨, 이두 운동. 수요일엔 하체와 복근 운동. 3일에 한 번, 하나의 부위를 집중적으로 공략하는 방법은 꽤 성공적이었다. 그때는 헬스 보충제를 먹어가며 운동을 했기에, 근육이 커지는 것을 실시간으로 느낄 수 있었다. 거울 앞에서 자세를 바꿔가며 미소짓는 헬스 중독자. 그 나르시시스트 같은 모습을 떠올리려니 조금 민망하지만, 그땐 제법 만족스러웠다.

십여 년이 지난 지금, 거울 속에는 전혀 다른 남자가 서 있다. 팔다리는 나뭇가지처럼 앙상하고, 아랫배가 살짝 나온 채 어리둥절한 표정을 짓는 남자. 거기에 머리숱까지 없으니 무척이나 볼품없어 보인다. 남자는 궁금하다. 젊은 시절 헬스에 매진했던 시기만큼은 아니더라도, 요즘의 운동량은 그때 못지않은데 어째서 근육이 불어나지 않는지. 최근 운동 프로그램을 떠올리는 남자. 운동 시간은 대략 한 시간 반에서 두 시간 정도다. 체내에서 합성되지 않는 비타민 D를 적극적으로 확보하기 위해 주로 햇볕이 내리쬐는 야외에서 운동한다. 종목은 무산소 근력 운동과 유산소 달리기 운동을 적절하게 뒤섞어서. 여기까지 생각한 남자는 불현듯 깨닫는다. 젊은 시절의 운동과 지금 운동의 결정적인 차이를. 그것은 바로 '딸'의 존재 여부다.

과거에는 남자가 목표를 정하고 행동했다. 지금은 딸이 목표를 정하고 아빠는 행동한다. 사실 딸이 목표를 정하는지는 모르겠다. 일단 딸이 하자니 아빠는 행동하는 거다. 매우 높은 확률로 딸은 아무 생각 없이 본능에 따라 움직이는 것이겠으나, 이런 디테일한 사정을 따져보는 일은 슬프다. 그냥 목표가 있다 치고 행동하는 게 정신 건강을 지키는 데 유익하다.

한편, 과거에는 남자가 운동 장소와 종목을 정했다. 지금은 딸이 정한다. 장소는 대부분 놀이터. 종목은 뭐라 패턴을 찾기 힘들다. 이것 또한 딸의 본능에 따라 좌지우지되기 때문이다. 그네를 탔다가, 술래잡기했다가, 시소를 탔다가, 미끄럼틀을 탔다가, 괴물 놀이했다가. 어느 사이엔가 운동 종목은 섞이고 뒤섞여 잡탕이 된다. 나는 이 순간이 될 때마다 그리스 신화에서 등장한 태초의 혼돈 '카오스'를 떠올린다.

딸의 생각을 이해하는 일, 내 생각엔 불가능하다. 딸의 존재는 통제 불가능한 '카오스'이므로, 그냥 받아들여야 한다. 번민과 고뇌 또한 불필요한 감정이다. 답 없는 문제에 매달리는 것과 같다. 화와 더불어 스트레스만 쌓일 뿐이다. 그러므로 머릿속 이성의 스위치를 끄는 것만이 최선이다. 먼 옛날, 스토아 철학자들은 이렇게 주장했다. 통제 불가능한 것에 매달리지 말라고. 이렇다고 해서 내가 딸을 방임하거나 포기한다는 의미가 아니다. 아빠가 통제에 대한 집착을 포기하면 울타리가 되어줄 수 있다. 그 안에서 딸이 뭘 하든 오케이.

딸이 시소 옆에 서서 아빠를 향해 손을 흔든다. 다시 정신 차리고 운동할 시간이다. 아빠 전담 트레이너인 우리 딸은 잠시 쉴 틈도 주지 않고 몰아붙인다. 그렇지만 근육을 늘리려면 어쩔 수 없는 법. 아빠는 20m를 전력으로 질주해서 트레이너 앞에 바로 선다.

"아빠 시소 타자!"

아직 타지도 않았는데 해맑게 웃으며 뭔가를 기대하는 딸. 아빠는 저 미소가 뭘 뜻하는지 알고 싶지 않지만, 이미 알고 있다. 안타깝게도 머릿속 이성은 아직 잠금 상태. 그러므로 시키는 대로 한다.

딸이 살며시 시소 왼쪽에 올라탄다. 오른쪽엔 아빠가 탄다. 체중이 대략 네다섯 배 차이가 나므로. 아빠는 중심에서 가장 가까운 의자에 앉고, 딸은 중심에서 가장 먼 의자에 앉는다. 이윽고 시작되는 시소 놀이. 아빠가 힘껏 엉덩방아를 찧는다. 딸이 순식간에 하늘로 치솟는다. 환호성이 터진다. 아빠는 기쁘다. 이 소리는 엉덩이가 의자에서 20cm는 떨어져야 나오는 법이니까. 딸이 엉덩방아를 찧는다. 딸은 아빠도 하늘 구경하라며 큰 소리로 효과음을 낸다. 하지만 중력은 그 소원을 들어주지 않는다. 이런 광경을 아빠가 두고 볼 수 없는 법. 딸이 엉덩방아를 찧는 순간, 아빠는 땅을 박차고 오른다. 중력의 엉덩이를 걷어찬 기세로 하늘로 솟구친다. 딸이 환하게 웃으며 외친다.

"아빠, 내 엉덩이 공격 엄청 세지?"

아빠는 과장하며 대답한다.

"그래, 아빠가 우주까지 날아갈 뻔했어!"

아빠 말을 듣자마자 자지러지는 딸. 부녀는 그렇게 시소 놀이 삼매경에 빠진다.

아빠와 딸은 시소를 타며 서로 다른 꿈을 꾼다. 시소 놀이는 곧 인생의 축소판이다. 오르락내리락, 새옹지마요 롤러코스터다. 그러므로 부녀는 시뮬레이션 게임을 하는 중이다. 언제든지 세이브와 로드가 가능한, 그래서 안전하게 엔딩에 도달할 수 있는 그런 게임 말이다. 딸이 하늘로 붕

뜬다. 아빠는 바란다. 언젠가 딸이 느낄 행복의 순간이 오래가길. 딸이 땅으로 쿵 떨어진다. 아빠는 바란다. 언젠가 딸이 느낄 좌절의 순간이 순식간에 지나가길. 딸이 하늘과 땅을 오간다. 아빠는 바란다. 행복도 좌절도 어느 하나가 영원할 수 없다는 진실을 딸이 깨닫게 되길. 이렇게만 된다면야 아빠는 근육 없이 깡마르고 볼품없는 남자가 되어도 괜찮다.

올림픽 끝나고 홀로 잠든 아빠

난감한 상황이 벌어진다. 엄마와 딸이 싸우는 현장. 날선 감정의 극한 대립은 아빠를 얼어붙게 만든다. 깃털 무릎 아빠는 도무지 이해할 수가 없다. 어느 한쪽이 수그러들면 만사가 해결되는 것을. 마흔 살 엄마와 다섯 살 딸은 전혀 그럴 생각이 없어 보인다. 일단 딸을 설득해본다.

"엄마가 밥 먹으라고 하는 건, 너 배고파서 잘 못 놀까봐 걱정돼서 하는 말이야. 엄마 말 좀 들어주면 안 될까?"

대번에 인상을 팩 찌푸리는 딸.

"싫어, 아빠는 나 안 사랑해?"

아빠는 식은땀을 흘리며 우물쭈물.

"아니, 사랑하긴 사랑하는데 말이지……."

이성적으로 생각하면 딸은 동문서답을 한 건데, 이걸 지적할 수는 없는 노릇이다. 결국, 말을 잇지 못하는 아빠.

엄마 눈치를 살핀다. 이럴 수가, 엄마 눈에서 이글이글 타오르는 마그마가 보인다. 그렇지만 어려움은 돌파해야 하는 법. 깃털 무릎 아빠는 비장한 표정으로 엄마 옆에 찰싹 달라붙는다. 프러포즈할 때의 심정을 상기하며 엄마에게 속삭이는 아빠.

"여보, 우리 딸은 이미 많이 먹은 것 같은데, 그만 먹으면 안 돼?"

딸과 똑같은 표정을 짓는 엄마. 답답한 마음을 쏟아낸다.

"여보가 하도 오냐오냐하니까 아이가 밥을 안 먹지!"

끙, 프러포즈 기술이 녹슬었나. 엄마의 마음은 요지부동. 아빠는 머리를 굴린다. 어떻게 해야 이 사태를 수습할 수 있을까.

엄마의 목적은 딸에게 밥을 완전히 먹이는 것. 딸의 목적은 밥을 그만 먹고 노는 것. 이 둘을 모두 만족시킬 방법이 딱 하나 있긴 하다. 그런데 이 방법은 가장 마지막에 쓰고 싶은 비장의 카드다. 왜냐하면 아빠가 무지하게 힘들어지기 때문이다. 평소 같으면 어지간한 수준에서 타협하고 넘어갈 수 있는 일인데, 하필 아빠가 늦게 개입하는 바람에 사태가 심각해졌다. 그러니 별수 없다. 아빠라면 응당 책임져야 하는 법. 눈물을 머금고 비장의 카드를 꺼낸다.

"밥 다 먹으면 아빠랑 운동장 가서 공놀이할 거야."

눈이 휘둥그레지는 딸. 그럴 만도 하다. 지금은 오후 여섯 시 반. 놀이터에서 이미 신나게 놀고 들어왔는데, 다시 놀러 나가자니, 딸로서는 혹할 수밖에.

"좋아! 밥그릇 줘. 내가 다 먹을래!"

와우! 떠먹여 주지 않으면 입도 벌리지 않는 아이가 자기 스스로 허겁지겁 숟가락질하는 기적의 장면이 펼쳐진다. 슬쩍 아내를 본다. 아내의 표정도 갑자기 밝아진다. 나라도 그럴 것 같다. 저녁 먹고 나서 취침 시간까지가 참 힘든 시간인데 아빠 혼자 딸을 데리고 밖에 나갔다 오겠다니, 그저 좋을 수밖에. 이 상황에서 슬픈 사람은 오직 아빠뿐이다. 순식간에 밥그릇을 비운 딸. 아빠에게 외친다.

"아빠! 공놀이하러 가자!"

집에서 공설 운동장까지는 자동차로 오 분 거리. 뒷좌석에 앉은 딸은 그저 신났다. 금세 도착한 운동장. 파릇파릇한 인조잔디가 마음의 찌꺼기를 청소해준다. 갈색 우레탄이 깔린 400m 달리기 트랙은 금방이라도 육상 경기가 이루어졌던 것처럼 생생하다. 게다가 조명 시설이 잘되어 있어서 저녁이지만 훤하다. 소박하지만 장엄한 풍경. 아빠와 딸은 제일 먼저 축구를 하기로 한다. 초록색 인조 잔디 축구장. 노란 원피스를 입은 딸. 축구공 모양의 빨간색 탱탱볼. 이 색채의 조화가 참으로 편안하다.

이제 본격적으로 축구 시작. 딸이 공을 세게 찬다. 방향은 상관없다. 공이 달아났으므로, 아빠와 딸은 술래가 되어 달아난 공을 잡으러 간다. 유의사항이 있다. 절대 아빠가 공을 먼저 잡으면 안 된다. 이 지엄한 규칙에 따라 딸이 공을 체포한다. 의기양양한 딸. 아빠는 바보라고 외치며 다시 한번 공을 뻥 찬다. 이번엔 조금 멀리 갔다. 딸이 다리가 아픈지 아빠에게 공 좀 갖다 달란다. 딸은 곧 규칙이므로 아빠는 시키는 대로 한다. 방금 딸이 찬 공이 운동장 가장자리까지 갔다. 아빠는 헉헉대며 공을 가져오고. 딸은 다시 한번 기상천외한 주문을 한다.

"아빠, 이번에는 공을 하늘로 높이 던져줘."

음, 올림픽 운영위원장인 딸이 경기 종목을 축구에서

럭비로 바꿨나 보다. 아빠는 군말 없이 시키는 대로 한다.

어떻게 해야 하늘 높이 공을 던질 수 있을까. 야구보다 축구를 좋아하는 아빠는 발로 차서 공을 띄우기로 한다. 수직으로 공을 띄워야 하므로 각도가 중요하다. 아빠는 한 손으로 공을 들고, 오른 발목을 접은 다음 손에 들린 공을 강하게 찬다.

"뻥, 으악!"

공을 발로 차자마자 운동장에 나동그라진 아빠. 오른쪽 갈비뼈와 오른쪽 허벅지에서 심한 통증이 느껴진다. 통증을 유발한 범인은 바로 휴대전화다. 하필 공을 차는 순간에. 오른쪽 주머니에 들어 있던 휴대전화가 갈비뼈와 허벅지 사이에 꼈다. 이건 마치 호두 까는 도구에 호두를 넣었는데, 호두가 너무 딱딱해서 깨지지 않는 상황이다. 그럼 어떻게 될까. 손만 아프다. 아빠 비명을 듣고 달려오는 딸. 이제 집에 가자고 할 줄 알았는데, 아빠가 다쳤으니 경기 종목을 바꾼단다. 다음 종목은 육상. 딸은 아빠를 질질 끌고 400m 트랙으로 이동한다.

8개의 레인이 있다. 딸은 자기가 가장 안쪽인 1번 레인에 설 테니, 아빠는 8번에 서란다. 두 선수는 총성을 기다리고 딸의 "출발"이란 구령에 달리기 시작한다. 50m쯤 갔을까. 딸이 자기를 안고 뛰란다. 아빠는 어이없지만 시키는 대로 한다. 100m쯤 갔을까. 왜 이렇게 천천히 가냐며 더 빨리 뛰라고 재촉하는 딸. 차마 널 안고 있어서 그렇다는 말은 못 하고 그냥 이 악물고 빨리 뛴다. 한 바퀴를 돌았다. 아빠는 엄청 힘든 표정을 짓고 딸을 물끄러미 바라본다. 딸의 입에서 집에 가자는 말이 나오길 바라며. 기도가 통한 걸까. 딸의 입이 열린다.

"아빠 힘드니까 내가 앉아서 응원할게. 우리 한 바퀴만 더 돌자."

엥, 뭔가 비상식적인 말을 들은 것 같다. 하지만 아빠는 딸이 시키는 대로 한다. 딸이 이미 응원을 시작했기 때문이다.

"아빠 힘내, 아빠 달려!"

그렇게 다섯 바퀴를 돌았다.

간신히 집으로 돌아온 부녀. 엄마가 잘 놀다 왔냐고 묻고, 딸은 너무 재밌었다고 말한다. 둘은 언제 싸웠냐는 듯 시시덕거리며 조잘조잘 재잘재잘 무언가 말하고 있는데, 잘 들리지 않는다. 시간은 어느덧 저녁 아홉 시, 얼른 씻고 자야 할 시간이다. 아빠는 끝까지 최선을 다하기로 한다. 딸을 씻기고, 로션을 바르고, 잠옷까지 입힌다. 자자 하니, 딸은 책 열 권 읽자고 조른다. 아빠는 애써 웃으며 일단 가져와 보라고 한다. 딸은 룰루랄라 책을 고르고, 아빠는 침대를 세팅한다. 효율적인 임무 분담. 아차! 공주님 모실 준비가 잘 됐는지 확인해야 한다. 살짝 누워보는 아빠, 머리가 베개에 닿자마자 곯아떨어진다. 드르렁드르렁. 아빠의 의식이 물속에 가라앉는 속도에 맞춰서 딸의 목소리도 페이드아웃 된다. 자세히는 못 들었지만 아마 이렇게 말했던 것 같다.

"엄마, 아빠가 책 읽어 주기 싫어서 자는 척해!"

무례한 아이에게 웃으며 대처하는 법

무례한 사람은 두 부류다. 예를 모르는 사람과, 알고도 무시하는 사람. 차이는 크다. 마치 치사사건과 살인사건의 형량 차이처럼 '의도'가 있느냐와 없느냐에 따라 무례한 사람을 바라보는 시선은 달라지기 마련이다. 그에 따라 대응도 달라진다. 내가 지금 이 순간 놀이터에서 고뇌하고 있는 이유다.

정사각형 놀이터 네 모퉁이에는 커다란 가로등이 있다. 나는 그중 하나를 껴안고 주문을 외운다. 온 국민이 다 아는 마법의 주문, 바로 '무궁화 꽃이 피었습니다' 이다. 나는 큰 소리로 숫자를 세며 시간을 되돌린다. 어쩌다 이렇게 됐지. 시작은 좋았다. 딸은 놀이터에서 친구들과 신나게 논다. 모처럼 만의 달콤한 휴식 타임. 아빠는 놀이터 옆 정자에 앉아 유튜브를 보며 낄낄댄다.

한창 쉬고 있는데, 딸이 울면서 달려온다. 이유를 물으니 괴물 놀이를 하고 싶은데 아무도 안 놀아준단다. 마음이 물렁해진 아빠. 문득 '그럼 아빠가 괴물 할게'를 외치려다가 멈춘다. 오늘따라 놀이터에 인파가 많기 때문이다. 괴물 놀이를 하는 순간, 집에 갈 수 없으므로 꾹 참고 다른 놀이를 제안한다.

"그럼 아빠랑 '무궁화 꽃이 피었습니다' 할까?"

딸은 울음을 뚝 그친다. 아빠는 살짝 소름 돋는다. 여자의 정색이란 이런 걸까. 아니면 애당초 딸의 의도가 아빠랑 다른 놀이 하자는 것이었을까. 망상에 사로잡힐 시간이 없다. 딸의 손이 이미 아빠의 손을 붙잡았으므로 아빠는 질질 끌려간다.

일단 아빠가 술래를 한다. 사실 매번 술래다. 앞으로도 술래가 될 예정이고 어쨌든 딸에게 출발선을 알려 주고, 규칙을 설명해준다. 아빠가 '무궁화 꽃이 피었습니다'라고 외칠 때만 움직일 수 있으며. 아빠가 뒤를 돌아봤을 때 움직이면 탈락이니 술래를 해야 한다고. 딸은 아는데 왜 시간 끄냐며 빨리 주문을 외우란다. 아빠는 불안한 마음을 안고 주문을 외운다. 첫 번째로 뒤를 돌아봤다. 눈 앞에 펼쳐진 기막힌 장면, 분명 딸 혼자 출발했는데, 아이들 일곱 명이 서 있는 것 아닌가. 내가 너무 큰 목소리로 주문을 외웠나. 정지한 상태로 까르륵대고 있는 아이들. 하필 딸이 자기 다리를 긁고 있는 게 목격된다. 아빠는 '탈락'이란 말을 꿀꺽 삼키고, 딸의 만행을 모른 체한다. 지난번에 시작하자마자 잡았다가 딸에게 된통 당한 기억이 떠올라서다. 일단 진행한다.

두 번째로 뒤를 돌아보니, 놀이터에서 있는 아이들 거의 전부가 정지 상태로 날 보며 웃고 있다. 뭐지, 이거 말로만 듣던 '플래시몹'인가. 왜 그거 있잖은가. 미리 약속해놓은 사람들끼리 정해진 시간에 정해진 장소에 모여 정해진 행동을 하고 유유히 사라지는 놀이. 그 와중에 우리 딸은 균형을 잘못 잡았는지 기우뚱대다가 끝내 넘어진다. 아, 저건 무조건 탈락인데. 그러나 잡으면 안 된다. 아빠는 속 터져 죽기 직전에 이르지만, 꾹 참고 다시 가로등에 얼굴을 묻는다.

세 번째로 뒤를 돌아본다. 딸이 아빠 등을 터치하기 직전이다. 아빠가 헛웃음을 날리는 표정이 웃겼는지 외다리로 서 있다가 균형이 무너지면서 아빠 등을 터치하고야 마는 딸. 아빠가 빤히 바라보자. 자기는 건드리지 않았다고 우긴다. 수십 명의 아이가 내 입을 주목하고. 아빠는 딸의 체면을 고려해 그냥 넘어간다. 다행히도 속은 잿더미가 된 지 오래라, 더 탈 것이 없다.

어쨌든 아빠는 아마 마지막이 될 주문을 외운다. 어느덧 딸의 손끝은 아빠 등에 이르고. "도망쳐!"란 딸의 외침에 뒤를 돌아본다. 놀이터를 우르르 가로지르는 아이들. 모두 다 규칙을 지키지 않는 무법자요 '무례한 사람'들이다. 그들은 응당 대가를 치러야 한다. 그런데 대가를 치러야 할 사람이 너무 많으므로, 제일 꼴찌로 달아나는 누군가를 붙잡아 벌을 내리기로 한다.

아뿔싸! 잡고 보니 우리 딸이다. 그러나 규칙에 예외를 두면 안 되는 법. 아빠는 '읍참마속'의 고사를 떠올리며 딸을 꼬옥 안은 상태로 마구 간지럼을 태운다. 딸은 자지러지게 웃고. 불타는 투혼을 발휘하여 아빠 겨드랑이에 조그만 팔을 끼워 넣는다. 이어지는 딸의 간지럼 공격. 아빠는 딸을 닮아서 간지럼에 면역이 없다. 그러니 마구 몸을 비틀며 깔깔댈 수밖에.

장난감 양동이에 파도를 담으려면

딸은 모래 놀이를 좋아한다. 바닷가에 가고 싶은 이유도 물놀이보다는 모래 놀이 때문이다. 모래 놀이는 아이들의 창의력을 키운다. 모래와 물을 섞어 진흙을 만들고, 그걸 벽돌 삼아 모래성을 만들고, 수로를 파서 바닷물을 끌어오는 다양한 놀이 방법들. 여러모로 두뇌 발달에 좋다고 생각한다. 하지만 나는 모래 놀이가 싫다. 모래는 어디에나 달라붙고, 한 번 붙으면 떼어내기도 어려워서다.

모래는 물로 씻어도 사라지지 않는다. 자동차에 둥지를 틀고, 집에 와서도 알을 낳는다. 치워도 계속 샘솟는 모래들. 아내와 나는 놀이 도구 정리와 청소, 빨래에 진이 빠지고. 세차를 맡길 때마다 세차하시는 분들도 혀를 내두른다. 이런 일을 하도 많이 겪다 보니 딸이 모래 놀이를 하고 싶다고 말할 때마다 신경이 곤두선다.

하지만 딸이 조르면 결국 바닷가에 가게 된다. 그렇게 도착한 해변. 나는 트렁크에서 모래 놀이 도구를 꺼낸다. 그물로 만들어진 자루 안에는 플라스틱 삽과 양동이, 구멍이 숭숭 뚫린 체, 아이들이 끌고 다닐 수 있는 바퀴 달린 수레가 있다. 꺼내자마자 한숨이 절로 나온다. 아직 모래 놀이는 시작도 안 했건만, 벌써 모래 놀이 이후를 걱정하는 꼴이 우습다. 나는 고개를 세차게 흔들어 상념을 털어낸다. 자, 정신 차리자.

몇 가지를 더 꺼내야 한다. 지금 햇빛이 강하므로 파라솔이 있어야 한다. 지난번 아내가 주문한 우산 형태의 아이보리색 파라솔을 꺼낸다. 다음으로 아내가 앉을 레저용 의자를 꺼낸다. 해변의 모래는 달구어져 있을 게 분명하다. 아내의 기분은 가족 전체의 분위기를 좌우하는 법. 그러므로 아내의 행복 지수가 상시 90점 이상이 유지되도록 여건을 만들어줘야 한다. 이어서 챙겨야 할 것은 물이다. 벌써 땀이 난다. 오늘 해변 습도는 높으므로 아내와 딸에게 수

분을 충분히 공급해 ㄴ줘야 한다. 한창 짐을 빼고 있는데, 빨리 가자며 재촉하는 딸. 조금이라도 해변에 늦게 가고 싶은 마음을 들킨 듯하다. 술래에게 걸렸으니 이제는 정말 가야 할 시간. 나는 심호흡하고 짐을 짊어진다. 아직 출발도 안 했는데 다리 아프다는 딸은 이미 내 어깨에 탑승한 상태. 나는 왼손에는 놀이 도구와 물. 오른손에는 파라솔과 의자를 들고 한 걸음씩 나아간다.

드디어 모래사장. 크록스를 신고 있는데도, 모래에서 올라오는 열기가 상당하다. 우리 가족은 바닷물이 들어오는 곳과 들어오지 않는 곳의 경계에 자리 잡는다. 먼저 돗자리를 깔고. 의자를 펼친다. 이제 새로 구매한 파라솔을 설치할 차례. 백사장 위에 짙은 그늘이 모습을 드러낸다. 만족스럽다. 이어서 돗자리 위치에 그늘이 덮이도록 파라솔의 위치와 각도를 조절한다. 이게 생각보다 무겁다. 필연적으로 내 얼굴은 땀범벅이 된다. 그러나 기분은 좋다. 우리 가족의 안식처가 완성됐기 때문이다.

파라솔 근처, 딸은 모래 놀이 삼매경이다. 아내는 파라솔 아래 설치된 레저용 의자에 앉아 딸의 사진을 찍고 있다. 평화로운 장면. 이렇게 계속 있고 싶지만, 딸의 생각은 다르다. 우리 딸은 지금 '다섯 살'이라는 질풍노도의 시기를 지나고 있다. 끊임없이 움직여야 하는 나이. 그래서 딸이 "아빠, 우리 바다 가서 양동이에 물 떠 오자"라고 말했을 때, 바로 납득했다. 다섯 살은 가만히 앉아 있는 게 이상한 나이니까. 그러나 아빠는 다섯 살이 아니다. 파라솔에서 바닷물까지 얼마 안 되는 거리이지만. 심한 귀차니즘에 잠식된 아빠. 못 들은 척해 본다. 아빠 말고 엄마랑 가면 얼마나 좋을까. 가고 싶지 않아서 뭉그적거리고 있는데, 우리 집 가모장께서 말씀하신다. "딸이 저렇게 얘기하는데 빨리 갔다 와!" 가모장의 명령은 못 들은 척할 수 없다. 무시했다간 지구가 멸망한다. 지구 생명체를 위해 무거운 몸을 겨우겨우 일으킨 아빠. 딸과 함께 하얀 포말이 만들어지는 장소로 뛰어간다.

발목 정도의 깊이, 바닷물의 찰랑거림이 생생하게 느껴진다. 딸은 양동이에 물을 가득 담으려 하지만 바닷물은 호락호락하지 않다. 한꺼번에 밀어닥쳤다가 한꺼번에 빠지는 몹시 유동적인 상태. 딸은 짜증이 났는지 아빠에게 바닷물 좀 잡아달라고 말한다. 정말 아이들의 표현력이 놀랍다. 아빠는 미소를 지으며 딸에게 다가간다. 손을 포개고 양동이 손잡이를 함께 잡는다. 양동이의 입구는 밀려들어 오는 파도를 향한 상태. 아빠는 말한다. "파도가 양동이 안에 가득 찬 느낌이 들면, 곧바로 들어올려야 해. 알겠지?" 고개를 끄덕이는 딸. 이제 아빠와 딸은 집중한다. 파도가 돌진한다, 딸의 양동이를 향해. 파도는 양동이 내부를 휘젓고 끊임없이 누적된다. 물살은 힘차게 뒤섞여 산산이 조각나고 수많은 물거품으로 다시 태어난다. 이로톡 장엄한 순간 어디쯤. "지금이야!"란 외침에 딸이 양동이를 들어 올린다. 아직은 힘이 부족하다. 그래서 아빠의 힘을 보탠다. 기어이 끝까지 들어 올려진 양동이. 안을 들여다보니 파도가 다소곳이 머물러 있다. 딸은 환하게 웃고 아빠에게 외친다. "내가 해냈어!"

'그래, 네가 해낸 거야. 아빠가 살짝 손을 보탰지만, 기회를 포착해서 건져 올리는 감각은 온전히 너의 손에 남았단다. 파도가 밀려든다고 불안해할 일도 아니고, 쓸려나간다고 전전긍긍할 필요도 없지. 오고 감은 영원히 반복되는 일. 중요한 것은 담대한 마음을 갖고, 순간을 포착해 내는 일이거든. 그러니 집중하렴. 기회는 도처에 있어. 눈 크게 뜨고 바라보다가 양동이를 들고 네가 원하는 바로 그 시점에 낚아채면 그게 바로 너의 기회가 되는 거야.'

지금의 딸이 이해할 수 없는 말. 너무 더워서 그런지 계속 잡생각이 난다. 다시 귀차니즘이 발동한 아빠. 딸에게 말한다. “우리 엄마한테 가서 지렁이 젤리 먹을까?” 대답도 안 하고 후다닥 파라솔로 달려가는 딸. 아빠는 여유 있게 뒤따라간다. 저 멀리 돗자리에 앉아 간식 나눠 먹으며 재잘대는 모녀가 보인다. 뭔가 이상하다. 분명 엄마가 화를 내야 정상인데, 저렇게 화목한 장면이라니. 이거 혹시 신기루인가.

가족 모두 승자가 되는 가위바위보

처가로 향하는 버스를 타기 위해 서둘렀다. 정류장에 아슬아슬하게 도착했지만, 기다리는 사람이 없다. 이상하다. 1분이 남았는데도 싸한 기분이 든다. 추운 날씨에 아내의 인상은 점점 구겨지고, 딸은 콧물을 훌쩍인다. 나는 주머니에서 휴대전화를 꺼내 전화를 건다. 직원은 무심하게 버스가 이미 지나갔다고 알려준다. 다음 버스는 30분 후에야 온단다. 순간 끓어오르는 화. 하지만 직원에게 뭐라 할 일이 아니다. 나는 얼른 냉철한 이성의 호수에서 물 한 바가지를 퍼 올려 울화를 꺼트린다.

아내는 딸을 다그친다. "빨리 준비하라고 했잖아!" 딸은 거북이처럼 패딩 속으로 고개를 파묻는다. 다음은 내 차례다. "여보가 하도 오냐오냐하니까 아이가 말을 안 듣는 거 아냐!" 너무 맞는 말만 하는 아내. 나도 딸처럼 쏟아지는 말의 탄환에서 벗어나 보려 꼼수를 부려보지만 아뿔싸! 내가 입은 옷은 너무 빡빡해서 목이 옷으로 들어가지 않는다. 절대 내 목살이 뚱뚱해서 그런 것은 아니고.

아내는 예민하지만, 합리적인 사람이다. 대부분의 일을 현명하게 처리하는데, 오늘 같은 일이 생기면 어쩔 수 없이 화를 낸다. 문득 생각한다, 이건 아내뿐만 아니라 사람이라면 누구나 화가 나는 상황이라고. 오늘 아침, 아내는 바빴다. 밤사이 돌아간 빨래를 건조대에 널고, 식사를 준비했다. 장기간 집을 비워야 하기에 식사 후 설거지를 하고, 커다란 캐리어에 우리 가족이 입을 옷가지와 신발, 칫솔 같은 물품을 가지런히 담았다. 나도 바빴다. 배낭과 쇼핑백을 챙기고, 침실과 놀이방을 정리했다. 그 어렵다는 아이 밥 먹이기까지는 성공. 그래, 여기까진 계획대로였다. 그러나 모두가 알다시피 인생이란 놈은 변덕쟁이다. 이번에도 통제 불가능한 변수를 유혹하여 계획을 어그러뜨렸다.

딸이 세수와 양치를 거부한다. 시간 없으니 얼른 준비

하자고 해도 요지부동. 겨우겨우 목말 태워서 농담 따먹기를 하며 씻겼다. 한파주의보가 발령됐기에, 딸에게 기모 질감의 옷과 두꺼운 패딩을 입히려고 시도한다. 그러나 남다른 패션 감각을 타고난 딸은, 아빠가 준비한 옷이 예쁘지 않다면서 얇은 발레복과 발목 양말을 착용하겠다고 우긴다. 수차례 실랑이 끝에, 젤리로 협상을 하고 겨우 입혔다. 이제 정말 시간이 없다. 신발 신고 나가려는데, 딸이 구멍 숭숭 뚫린 크록스를 신겠다고 한다. 아. 이땐 정말 머리가 아팠다. 아내의 얼굴이 일그러진다. 시간은 속절없이 흘러가고, 아빠는 간신히 딸을 구워삶아 운동화 신기기에 성공한다. 그렇게 우리는 버스정류장에 도착했다. 공항버스가 냉정하게 떠나버린, 꽁꽁 얼어붙은 정류장에.

한파주의보는 정말 이름값을 한다. 우리 가족의 온기를 순식간에 앗아간다. 그렇게 잠시 서먹해진다. 평소 웅크리고 있던 날 선 감각이 몸을 일으키고, 각자의 입장을 대변한다. 정류장 일대의 기온이 내려갔으므로, 아내와 나는 토론의 모닥불을 지핀다. 아내의 육아 철학은 이렇다. 아이가 잘못했을 땐 엄격하게 훈육해야 하며, 그래야 다음에 같은 실수를 하지 않는다고. 이런 관점에서 아내의 화는 당연하다. 나는 아이가 밥을 먹지 않을 때, 다그치지 않고 놀아 주며 먹인다. 그러다가 자주 밥을 남긴다. 떼를 쓸 때마다 안아 주고 이야기를 들어주다 보니, 이제는 기분 안 좋을 때마다 떼를 쓴다. 그렇다. 나의 육아 철학은 아내와 대척점에 있다. 나는 아이가 잘못하더라도 그럴 수 있다고 본다. 아이가 떼를 쓰는 데는 무언가 이유가 있을 것으로 생각한다. 아이가 울면, 이유 여하를 막론하고 안아준다. 그래야 따뜻한 어른으로 자란다고 믿는다.

서로의 의견이 평행선을 달린다. 좋은 모습이라 생각한다. 부모가 둘 다 엄격하다거나 둘 다 오냐오냐 스타일이라면 아이는 구겨진 신문지처럼 조그맣게 구겨지거나, 곧 터질 풍선처럼 한없이 부풀어 오를 것이다. 적절한 긴장감의 대치 상태, 바로 이 균형에서 아이의 존재가 단단해진다고 생각한다. 당연히 아내는 이런 내 생각에 동의하지 않는다. 게다가 지금은 아이의 잘못이 명백한 상황이므로.

좀처럼 좁혀지지 않는 의견. 보통은 아내가 말하고, 내가 져 주면서 좋게 좋게 마무리했었는데, 오늘은 나도 날이 서 있는 터라 평소처럼 수그러들지 못한다. 추위가 이성마저 마비시킨 걸까. 조금 전보다 기온이 더 내려간 것 같은 기분이다. 그렇게 몇 분 동안 대화를 나눴고, 가만히 듣고 있던 딸이 갑자기 손뼉을 치며 외친다.

"집중의 박수! 짝짝짝!"

"공정하게 가위바위보 하자. 이긴 사람이 진 사람 꿀밤 때리기!"

순간 정류장에 웃음꽃이 핀다. 아내와 나는 육아 논쟁 따윈 저 멀리 치워버리고, 세상에서 가장 공정하면서 단순한 가위바위보 게임으로 승부를 가리기로 한다. 첫 번째 경기. 아빠는 가위, 엄마는 바위, 딸은 보를 냈다. 두 번째 경기도 비겼다. 세 번째 경기도 비길까 싶었는데, 이럴 수가! 우린 비기고야 말았다. 대체 얼마의 확률을 이겨낸 걸까. 서로의 의견이 대등하고 서로의 관계가 동등하다. 육아 철학이 어떻든, 누가 맞고 누가 그르든 관계없이 지금 이 순간 우리 가족은 즐겁다. 생각해 보면 철학이라든지 이론이란 건, 현실을 세밀하게 관찰함으로써, 그 패턴과 규칙성을 정형화시킨 것에 불과하다. 제아무리 대단한 철학이나 치밀한 이론이라도, 현실의 삶을 앞설 수는 없는 법이다.

네 번째 가위바위보를 하려는 순간, 저 멀리 버스가 온다. 공동 우승한 우리는 시상대에 오르듯 버스에 오른다. 순간, 딸이 내 귀에 속삭인다. "아빠가 제일 좋아." 아빠의 배터리는 눈 깜짝할 사이에 완충된다. 그동안 딸 덕분에 치렀던 고난의 시간은 눈 녹듯 사라지고, 기쁨의 시간은 아름답게 포장된다. 진정 놀랍다. 딸은 다섯 살에 불과한데, 이 정도로 고차원적인 배려가 가능하다니. 아니면 내가 아빠 역할을 잘한 걸까. 뭔가 뿌듯하면서 말랑말랑한 마음을 품고 좌석에 앉는다. 딸과 아내는 나란히 앉아 이야기꽃을 피웠고, 나는 눈을 감고 모녀의 노랫소리를 듣는다. 꿈꾸듯 구름 위를 노니는 기분. 나는 스르륵 잠에 빠진다. 그렇게, 무한히 비기는 가위바위보의 꿈을 꾼다.

'놀이'에 관한 실질적인 조언

숨바꼭질은 속 터져도 끝까지 찾지 않는 게 핵심. 그네는 함께 타지 말자. 지옥을 경험하게 된다. 술래잡기는 잡힐 듯 말 듯 하면서 결국 잡히는 순간이 중요하다. 딸은 이를 통해 성취를 경험한다. 퀴즈 게임의 승자는 무조건 딸이어야 한다. 아빠가 승부욕을 발휘하면 안 된다. 딸이 아빠를 괴롭힐 땐, 아내를 의심해보자. 높은 확률로 아내가 지령을 내렸을 거다. 시소는 무조건 강하게 타자. 인생의 새옹지마를 경험할 수 있다. 공놀이는 가급적 하지 말자. 절대 공놀이 한 종목으로 끝나지 않는다. 무궁화 꽃이 피었습니다를 할 땐, 딸이 움직여도 모른 척하자. 바다에서 놀 땐 마음을 텅 비우자. 쉴 수 없고, 뭘 해도 힘들다. 가위바위보는 수단과 방법을 가리지 말고 비겨야 한다. 승부가 나는 순간, 가정의 평화는 깨지게 된다.

세상에 이보다 귀한 선물이 또 있을까

딸의 탄생은 고요한 호수에 던져진 조약돌이었다. 작은 파문이 동심원을 이루며 퍼져나가다, 어느 순간 파도가 되어 나를 덮쳤다.

오 년 동안, 딸은 나를 끊임없이 시험했다. 이유 없이 식사와 수면을 거부하는 딸, 아빠가 가만있는 꼴을 한시도 용납하지 않는 딸, 원하는 것이 이루어질 때까지 막무가내로 떼쓰는 딸. 이런 딸의 모습을 보며 깨달았다. 아이를 키우는 일은 세상에서 가장 어렵다는 것을. 군대 훈련조차 그 앞에선 쉬워 보인다.

그래서 매번 양가감정에 시달렸다. 딸을 사랑했지만, 매 순간 그렇진 않았다. 때론 미웠고, 그 때문에 죄책감이 들었다. 게다가 영화나 드라마, TV나 육아 책 속의 이야기는 죄책감을 부채질했다. 그냥 다 사랑한다. 무조건 행복하다. 온통 이런 이야기인데 나는 그렇지 않아서 하나도 공감이 안 됐다.

하지만 딸의 순간을 미움으로 채우고 싶지 않았다. 그렇기에 최선을 다해 지지고 볶았다. 그러다 보면 내가 겪고 있는 지독한 양가감정의 실체가 드러날 것 같았다. 내가 맞닥뜨린 적이 분명해지면, 어떻게든 싸워 이길 수 있으므로.

딸과 함께 여러 장소를 다녔다. 멋모르고 딸과 단둘이 여행 갔다가 열차를 놓쳐서 진땀을 빼고, 키즈 카페 문 닫을 때까지 놀았다. 워터파크에서는 딸에게 속아서 폭포와 맨몸으로 다퉜고, 영화관에 가서 열심히 수발을 들었다. 그러다 보니 나도 요령이 늘었다. 오래 놀아줘야 하니 체력을 비축해야 하는 법. 여러 꼼수를 부렸다. 놀아 주기 싫어서 자는 척 해보기도 하고, 휴대전화 보면서 노는 척하기도 했다. 물론 결말은 아내에게 걸려서 혼나는 쪽으로 났지만 말이다.

여전히 예쁠 때와 미울 때가 번갈아 가며 등장했다. 딸과 아내는 왜 이리 자주 싸우는지. 한쪽 편을 들 수 없어서 그냥 내가 망가지는 쪽을 선택했다. 딸에게 하도 당하다 보니 자포자기한 상태에서 딸의 시선으로 세상을 보고자 했다. 그래서 딸의 행동대로 따라 놀았다. 몰라야 하는데 모를 수가 없는 숨바꼭질, 무조건 딸이 이겨야 하는 퀴즈게임, 절대 잡으면 안 되는 무궁화 꽃이 피었습니다. 이 과정에서 땀이 많이 났고 흘러넘친 땀은 고스란히 사랑으로 환원됐다. 그렇게 나도 모르는 사이 내 마음속 딸의 순간은 사랑으로 물들어갔다.

원고를 마무리하던 날, 여느 때와 같이 침대에서 공주 책 열 권 읽고 잠이 들 무렵, 딸이 내 귓가에 다가와 속삭인다.

"아빠, 나는 꼬부랑 할머니가 돼도 아빠 딸 할래."

"쪽!"

딸은 아빠 볼에 기습 뽀뽀하고, 부끄러웠는지 곧바로 돌아누운다. 둔한 아빠는 딸의 손등에 자신의 손바닥을 포개며 떠올린다. 딸이 태어난 순간을, 그때의 혼란과 두려움을. 그때와 달리, 지금 내 품에 안겨 곤히 잠든 딸을 보며 생각한다. 아빠가 된다는 건, 아이의 일거수일투족을 거울삼아 자신이 아직 덜 자랐음을 깨닫는 일이라고. 덜자란 아빠와 덜자란 딸이 손을 맞잡고 서로를 키우는 거다. 이렇게 혼란은 희석되고, 두려움은 사랑으로 대체된다. 세상에 이보다 귀한 선물이 또 있을까.

작가는 홀로 쓰기 때문에 고독할 수밖에 없다고 생각했습니다. 하지만 그런 길도 함께 걸으며 다정하게 이야기 나눌 친구가 있다면 훨씬 수월하다는 것을 글쓰기 모임 〈쓰기의 책장〉에서 배웠습니다. 함께 쓰고 읽으며 웃고 대화 나눈 덕에 이 책이 탄생할 수 있었습니다. 소중한 분들께 감사드리며, 한 분씩 이름을 불러봅니다.

모임을 건강하게 이끌어 주신 박애희 작가님, 든든하게 지지해 주신 김현정 작가님, 멋진 제목을 지어 주신 다람님, 그리고 투박한 글을 애써 읽어 주신 가영 님, 고유 님, 글로채운 님, 기이맘 님, 김미연 님, 김자영 님, 까토리 님, 나경 님, 노미화 님, 다정한여유 님, 미니 님, 박규리 님, 박수경 님, 보일러 님, 봄날의서가 님, 서은 님, 선희 님, 소소

님, 손혜경 님, 송승연 님, 유수경 님, 아름다움 님, 여니 님, 울림 님, 유니 님, 윤정 님, 윤주 님, 은갱 님, 이윤지 님, 정나영 님, 제이맘 님, 진자 님, 최성욱 님, 최소현 님, 춘춘 님, 트윙클 님, 현맘 님, 혜민 님, 혜인 님, 휴잇 님. 감사해요.

제 이야기에 관심을 가져 주시고 멋진 책으로 만들어 주신 문학세계사 김요일 이사님과 조현빈 매니저님께 감사드립니다. 꼼꼼히 글을 읽고 공감해 주셔서 큰 힘이 되었습니다. 적확한 코멘트는 퇴고 과정에 큰 도움이 되었습니다.

아직 한글은 모르겠지만, 딸의 친구들에게도 감사를 전해요. 여러분들이 딸과 함께 놀면서 만들어낸 기가 막힌 이야기들 덕분에 이 책이 나올 수 있었습니다. 아, 그러고 보니 지금도 글감은 실시간으로 만들어지고 있군요. 두 번째 책이 나올 것 같고요. 그래서 미리 감사드립니다.

이제 아내와 딸에게 감사를 전할 차례군요. 주인공은 언제나 마지막에 등장하는 법이죠. 책에서는 가볍게 표현했지만, 마지막으로 진심을 담아 전합니다.

"바보 같은 남편을 매 순간 참아 주는 아내 '조유미', 영원한 나의 뮤즈 '김단아'에게, 마음 모아 사랑을 전합니다."

육아인 줄 알았는데 유격

초판 1쇄 발행 2025년 2월 26일

지은이 고유동
펴낸이 김종해

펴낸곳 문학세계사
출판등록 제21-108호(1979. 5. 16)
주소 서울시 마포구 신수로 59-1
전화 02-702-1800
팩스 02-702-0084
이메일 munse_books@naver.com
홈페이지 www.msp21.co.kr

ISBN 979-11-93001-64-6 (03810)